La amante inocente del griego
Diana Hamilton

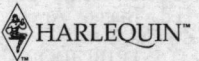

Editado por HARLEQUIN IBÉRICA, S.A.
Núñez de Balboa, 56
28001 Madrid

© 2009 Diana Hamilton. Todos los derechos reservados.
LA AMANTE INOCENTE DEL GRIEGO, N.º 1999 - 12.5.10
Título original: Kyriakis's Innocent Mistress
Publicada originalmente por Mills & Boon®, Ltd., Londres.

Todos los derechos están reservados incluidos los de reproducción, total o parcial. Esta edición ha sido publicada con permiso de Harlequin Enterprises II BV.
Todos los personajes de este libro son ficticios. Cualquier parecido con alguna persona, viva o muerta, es pura coincidencia.
® Harlequin, logotipo Harlequin y Bianca son marcas registradas por Harlequin Books S.A.
® y ™ son marcas registradas por Harlequin Enterprises Limited y sus filiales, utilizadas con licencia. Las marcas que lleven ® están registradas en la Oficina Española de Patentes y Marcas y en otros países.

I.S.B.N.: 978-84-671-7943-9
Depósito legal: B-12526-2010
Editor responsable: Luis Pugni
Preimpresión y fotomecánica: M.T. Color & Diseño, S.L.
C/ Colquide, 6 portal 2 - 3º H. 28230 Las Rozas (Madrid)
Impresión y encuadernación: LITOGRAFÍA ROSÉS, S.A.
C/ Energía, 11. 08850 Gavá (Barcelona)
Fecha impresion para Argentina: 8.11.10
Distribuidor exclusivo para España: LOGISTA
Distribuidor para México: CODIPLYRSA
Distribuidores para Argentina: interior, BERTRAN, S.A.C. Vélez Sársfield, 1950. Cap. Fed./ Buenos Aires y Gran Buenos Aires, VACCARO SÁNCHEZ y Cía, S.A.
Distribuidor para Chile: DISTRIBUIDORA ALFA, S.A.

Prólogo

DIMITRI Kyriakis miraba fijamente la mansión de su padre, diciéndose a sí mismo que no estaba impresionado. No, no quería estarlo.

La villa, o lo que podía ver de ella al final del camino rodeado de árboles, era inmensa; un brillante monumento al dinero y el poder. Pero no podría atravesar la enorme verja de hierro forjado sin conocer el número de seguridad que desactivaba la alarma. Y si intentaba saltar el muro, el equipo de seguridad de Andreas Papadiamantis caería sobre él.

Pero tenía que encontrar alguna manera. Tenía que hacerlo por su madre.

Porque se lo debía.

Él tenía ya catorce años. Un hombre... o casi. Y había ido a buscar lo que era suyo, de modo que nada ni nadie podrían evitar que hiciera lo que tenía que hacer.

Irguiendo sus delgados hombros, empezó a caminar alrededor del perímetro de la finca, el ardiente sol griego cayendo a plomo sobre su cabeza y atravesando la camisa. Si su madre supiera lo que estaba haciendo le daría un ataque, pensaba.

Intentó sonreír al imaginar a la dulce y frágil Eleni Kyriakis perdiendo los nervios, pero se le hizo un nudo en la garganta y la sonrisa se congeló en sus labios.

Se lo había contado la noche anterior. Cuando volvió del trabajo al que acudía después del colegio en las cocinas de uno de los hoteles más importantes de Atenas, cuyo propietario era, ahora lo sabía, su padre. Del colegio al hotel y de allí a la claustrofóbica habitación que habían alquilado en una callejuela del centro de la ciudad. Allí encontró a su madre, planchando una pila de ropa. Además de planchar para otros, Eleni tenía que limpiar casas para pagar el alquiler. Y estaba permanentemente agotada.

Su madre se había apartado un mechón gris de la frente, sonriéndole como solía hacerlo todos los días, sin darle pista alguna de lo que estaba a punto de decir.

–Siéntate un rato conmigo, hijo. Tengo algo que contarte –suspiró aquel día–. Muchas veces me has preguntado quién era tu padre y yo siempre he dicho que te lo contaría cuando fueras mayor, cuando fueras lo bastante maduro como para ver las cosas con cierta perspectiva. Pero las circunstancias han cambiado.

Tenía los ojos empañados y él supo enseguida que ocurría algo grave.

Aún recordaba cómo se le había encogido el estómago cuando le contó que le habían hecho unas pruebas en el hospital. Tenía un problema de corazón y podía fallarle en cualquier momento. Su madre había sonreído entonces y era una sonrisa que Dimitri recordaría durante el resto de su vida.

–¿Pero qué saben ellos? Yo soy dura. Les demostraré que están equivocados –había dicho, apretando su mano–, ya lo verás. Pero en caso de que tengan razón, debo decirte quién es tu padre. Era tan guapo, tan interesante, y yo lo quería tanto.

Había sido entonces, mientras le descubría la identidad de su padre, cuando Dimitri había visto a su querida madre con otros ojos. Cuando había visto por primera vez las arruguitas de cansancio que cubrían su frente, sus mejillas hundidas y la coloración azulada de sus labios. Y entonces había sabido lo que tenía que hacer.

Con la determinación de la juventud, empezó a escalar el muro, buscando un sitio al que agarrarse, nervioso cuando consiguió saltar al otro lado.

Tras una larga fila de árboles podía ver un jardín inmaculado y, desde algún sitio, le llegaba el evocador aroma del jazmín. Entonces oyó voces. La de un hombre, seca y dura, y las súplicas de una mujer.

Dimitri atravesó el grupo de árboles... y los vio.

El hombre que llevaba un traje de chaqueta color crema era su padre. Su fotografía aparecía tan a menudo en los periódicos que era fácilmente reconocible. La mujer, rubia, joven y delgada, llevaba un vestido de gasa y una sombrilla. Sólo con las joyas que llevaba puestas aquel día, su madre no hubiera tenido que trabajar hasta dejarse la vida durante los últimos años.

De modo que aquélla debía ser la segunda esposa de Andreas Papadiamantis.

Sin vacilar, Dimitri dio un paso adelante para que pudieran verlo. Aquel hombre, casado y con un hijo pequeño, había seducido a una criada para despedirla después, cuando le dijo que estaba embarazada.

¡De él!

¡Y por eso tendría que pagar!

Andreas Papadiamantis lo había visto y a Dimitri se le quedó la boca seca. Pero irguió los hombros cuando el hombre que era su padre se dirigió hacia él.

—¿Quién eres y qué haces aquí? —le espetó el déspota, seguro en su reino, el millonario propietario de una línea de cruceros y hoteles de lujo.

Dimitri vio que se llevaba una mano al bolsillo de la chaqueta. ¿Llevaría una pistola? ¿Pensaba dispararle y decir luego que había sido en defensa propia? ¿O estaba a punto de usar algún artilugio electrónico para que los de seguridad lo echasen de allí a patadas?

Negándose a mostrar temor, Dimitri habló, enfadado consigo mismo cuando le salió un gallo, como solía ocurrirle a menudo:

—Soy Dimitri Kyriakis, el hijo de Eleni. Su hijo.

Silencio. Su padre bajó la mano.

Una figura alta e impresionante apareció entonces por el camino y la mujer dio un paso adelante, pero Andreas les hizo un gesto con la mano para que se apartasen.

—Eso es fácil de decir, pero no tan fácil de demostrar. ¿Qué quieres de mí?

Dimitri se puso colorado. Él no toleraba insultos de nadie, pero no tenía orgullo en lo que se refería a su madre, que había trabajado sin descanso para sacarlo adelante, incluso quedándose sin comer a veces para darle comida a su hijo. Y jamás se había quejado.

Dimitri era casi tan alto como el hombre e hizo un esfuerzo sobrehumano para que su voz sonase como la de un adulto:

—Usted es Andreas Papadiamantis. Todo el mundo sabe lo rico y poderoso que es... con todos esos hoteles y cruceros. Lo tiene todo y mi madre no tiene nada. Hace quince años, Eleni Kyriakis trabajaba para usted como criada. Usted le dijo que su matrimonio se había roto... la sedujo. Era una chica guapísima entonces y estaba enamorada de usted —su corazón dio un vuelco al ver un brillo de reconocimiento en los ojos de Andreas. Lo recordaba, recordaba lo que había pasado—. Pero cuando le dijo que estaba embarazada usted la despidió y la echó de aquí. Le rompió el corazón.

Ella no le había dicho eso, pero Dimitri había intuido su profunda tristeza cuando le contó lo que había ocurrido quince años antes.

–Ella no sabe que estoy aquí –siguió, mirando a su padre a los ojos–. Mi madre jamás se atrevería a pedirle nada, pero yo sí. Está muy enferma, su corazón está agotado. Necesita descansar y comer bien. Yo hago lo que puedo... durante los fines de semana y después del colegio trabajo en las cocinas de uno de sus hoteles en Atenas. Eso ayuda un poco, pero no es suficiente –Dimitri llevó aire a sus pulmones–. Lo único que le pido es que le pase una pequeña pensión para que no tenga que trabajar. Y sólo hasta que yo pueda mantenerla. Mi madre necesita descansar, vivir sin la angustia de no saber si podrá pagar el alquiler o acabaremos en la calle... –su voz se rompió en ese momento.

Siendo uno de los hombres más ricos de Atenas, para Andreas Papadiamantis pasar una pequeña pensión no tendría la menor importancia. Seguramente se gastaría más dinero cualquier noche que saliera a cenar con su segunda esposa.

–Yo no quiero nada para mí –siguió Dimitri– y nunca le pediré nada más que esto: una pequeña pensión para mi madre significa la diferencia entre la vida y la muerte para ella. ¡Consulte con los médicos si no me cree!

El hombre que era su padre sonrió entonces, una sonrisa cínica y burlona.

–Yo no me dejo chantajear por nadie... como gente más inteligente que tú ha descubierto demasiado tarde. Cuéntale esta historia a alguien y os aplastaré a ti y a tu madre.

–No es una historia...

–Aunque fuera cierto, Eleni Kyriakis sabía lo que estaba haciendo cuando se acostó conmigo. Y entérate de una vez, chico: éste es un mundo de perros y sólo gana el más fuerte.

Andreas hizo un gesto con la mano y el guardia de seguridad se acercó para tomar del brazo a Dimitri, que miraba a aquel tirano con expresión de total impotencia.

–Spiro, echa a este chico de mi propiedad –sin mirarlo siquiera, Andreas Papadiamantis se volvió hacia su mujer y él se encontró lanzado a la carretera sin contemplaciones.

Pero se levantó enseguida, oyendo el golpe de la verja de hierro, limpiándose los pantalones de polvo.

Su madre había sido insultada. Él había sido insultado. Odiaba al hombre que era su padre y se vengaría de él.

Respirando profundamente, y con la cabeza bien alta, Dimitri empezó el largo camino de vuelta a la ciudad.

Lo haría pagar por sus insultos. Encontraría la manera de hacerlo.

Esa noche, descubrió que ya no había trabajo

para él en las cocinas del hotel, otro gesto de desprecio y de crueldad por parte de su padre.

Y la promesa de vengarse quedó grabada en piedra para siempre cuando su madre murió diez meses después de un ataque al corazón.

Capítulo 1

DIMITRI Kyriakis dejó el sobre encima del escritorio e intentó no mostrar desdén mientras se despedía del investigador privado.

Rozando el sobre con los dedos, miraba los enormes ventanales que iban del techo al suelo sin ver nada.

Había vivido treinta y seis años y era un hombre decidido, firme. Durante los últimos veintidós, había estado vengándose fría y calculadoramente de Andreas Papadiamantis, su padre, por haberse negado en redondo a ayudar a su madre cuando necesitaba ayuda económica tanto como respirar; una ayuda que él, su hijo de catorce años, no podía ofrecerle.

Veintidós años en los que había trabajado sin descanso, aprendiendo, planeando, dando pasos tentativos y luego pasos de gigante hacia ese objetivo: la caída del arrogante y poderoso Andreas Papadiamantis.

La línea de cruceros de lujo Kyriakis ya había conseguido empequeñecer la línea de su padre, hasta tal punto que se rumoreaba que iba a declararse en bancarrota.

Y ahora los directivos de su empresa estaban trabajando para comprarle los dos últimos hoteles que le quedaban, uno en París, el otro en Londres. El resto había ido perdiendo categoría en comparación con lo que ofrecía la cadena de hoteles Kyriakis hasta que lo echó de la lista de los mejores del mundo y, por fin, Andreas tuvo que venderlos.

Pero las cosas habían cambiado de repente: su padre había desaparecido seis meses antes. Nada de las habituales menciones en la prensa y no se lo había visto en su oficina de Atenas. Sin embargo, la idea de que el viejo león estuviera escondiéndose en su guarida para lamer sus heridas resultaba curiosamente turbadora para Dimitri. Quería que su enemigo estuviera en el cuadrilátero, luchando.

Cuatro meses después de la repentina desaparición de su padre, su frustración y su curiosidad más grandes que nunca, Dimitri había hecho que vigilaran la fabulosa mansión de la que una vez lo había echado sin contemplaciones. Quería saber qué estaba pasando.

Para él, espiarlo era algo muy desagradable. Siempre había sido despiadado en la búsqueda de su objetivo, pero iba de frente, sus intenciones claras para cualquiera. Así era como Dimitri operaba.

Intentó concentrarse en la fabulosa vista panorámica desde el ventanal: el mar azul rodeado de altos pinos, la arena blanca de la playa... relajante, hipnótica. O debería serlo. Siempre lo había sido. Hasta aquel día.

Solía ir a su retiro en la isla dos veces al año para relajarse y olvidarse de todo. Ni un solo fax, ni una máquina de fotocopias, ni un ordenador a la vista. Pero ahora su mente daba vueltas y vueltas...

¿Habría hecho suficiente? ¿Habría terminado con su *vendetta* particular? ¿Sería el momento de olvidar a su padre y sus planes de hundirlo en la miseria? ¿El momento de evitarle a aquel hombre que tanto daño le había hecho la última humillación?

¿Sería hora de que empezase a vivir su vida sin la sombra de Andreas Papadiamantis pesando sobre él? ¿De darle la espalda a sus esporádicas y siempre discretas aventuras, casarse y tener hijos para darle un propósito a su vida?

Dimitri frunció el ceño cuando recordó lo que tenía en la mano. Irguiendo los hombros bajo la camisa de algodón blanco hecha a medida, sacó las fotografías del sobre.

Su padre. En una terraza, frente a una inmensa piscina. Con su eterno traje de color crema, gafas de sol y, de manera incongruente, un viejo sombrero de paja en la cabeza. La foto, tomada con teleobjetivo, lo hacía parecer más pequeño, más insignificante. Aunque no así a la mujer que estaba a su lado.

Andreas Papadiamantis estaba tocando el hombro desnudo de una rubia espectacular, con un bikini aún más espectacular. Ella sonreía, su larga melena rubia cayendo por su espalda, sus voluptuosos pechos a punto de salirse de los dos triangulitos de tela azul. Era una tentación con piernas.

¡Y qué piernas! Largas, estupendamente proporcionadas, suaves, bronceadas.

Abruptamente, Dimitri apartó las fotografías. No tenía que ver ninguna más. Ya había visto lo que el viejo león estaba buscando: una nueva esposa que despertase su rancia libido.

A su padre siempre le habían gustado las rubias.

Dimitri apretó los labios al recordar otro momento, otra rubia, la segunda mujer de su padre. Con unos pendientes de diamantes y su vestido de diseño, a un universo de distancia de los vestidos baratos que su madre se veía obligada a usar. Y su padre echándolo de la propiedad, negándose a ayudarlos, negándoles la modesta suma que hubiera supuesto la diferencia entre la vida y la muerte para su madre.

De modo que no, mientras tan amargos recuerdos siguieran existiendo, la venganza no había terminado.

Andreas Papadiamantis no había sido perdonado.

—¡Una podría acostumbrase a vivir así, hermanita!

Bonnie Wade sonrió a su hermana. Lisa estaba

tumbada en una hamaca frente a la piscina, en bikini, su corto pelo rubio aún mojado.

«Mis dos rubitas», solía llamarlas su padre.

–Toma... –Bonnie tomó el bote de crema solar y se lo tiró a su hermana–. No querrás quemarte.

A lo veintisiete años, dos más que Bonnie, Lisa siempre había sido su mejor amiga. Física y temperamentalmente, no podían ser más diferentes. Lisa era dura como las piedras y delgadísima, mientras Bonnie era más dulce... y nadie podría decir que fuese delgada. Pero se complementaban la una a la otra y se entendían bien.

Su madre, la esposa de un ocupado médico de familia, solía decirle a sus amigas lo contenta que estaba de que sus hijas se llevasen tan bien: «desde que Bonnie aprendió a caminar, mis dos hijas han sido inseparables. No discuten nunca».

Y era cierto. Pero, aunque estaba contenta de haber recibido la llamada de Lisa para que fuese a buscarla al aeropuerto, Bonnie seguía sin entender por qué estaba allí.

–Te lo contaré después –le había dicho su hermana mientras iban hacia la villa–. Y para que no te angusties, papá y mamá están bien. No tienes que preocuparte por eso.

Ahora, tres horas más tarde, seguía sin saber qué hacía Lisa en Grecia. Como preparadora física para los ricos y famosos, su hermana solía tomarse vacaciones durante las navidades pero, aparentemente, aquel año había decidido pasar unas semanas en Creta durante el verano y, de camino, había ido a verla.

–¿Seguro que al viejo no le importa que esté aquí? –le preguntó Lisa, poniéndose crema en las piernas.

–Seguro que no –sonrió Bonnie–. Cuando le dije que tenía que ir a buscarte al aeropuerto insistió en que me llevase Nico y se negó a dejar que fueras a un hotel –dijo luego, estirando el faldón de la camisa blanca de su uniforme–. Así que cuéntame: ¿a qué se debe tu inesperada visita?

Lisa se apoyó en un codo.

–Bueno, veras... ¿por qué no te sientas? Creo que sé cómo vas a tomártelo, pero prefiero que estés sentada.

Bonnie miró a su hermana, sorprendida.

–Es que estoy trabajando –le dijo, mirando el reloj–. Y la sesión de terapia de Andreas empieza en diez minutos.

–Muy bien. Pero antes... ¿cuánto tiempo vas a seguir aquí?

–Hasta final de mes. ¿Por qué?

Como enfermera, trabajando para una respetada agencia, Bonnie estaba especializada en cuidados paliativos y, aunque solía trabajar en Inglaterra, a veces tenía que trasladarse de país.

Y tal vez tendría que quedarse algún tiempo más para atender a Andreas Papadiamantis, un enfermo de cáncer que tenía innumerables problemas. Pero no había tiempo para contarle todo eso ahora.

—Pues verás... —empezó a decir Lisa—. Troy fue a ver a papá y mamá el otro día. Dice que quiere volver contigo.

Bonnie notó que se ponía pálida. Furia, incredulidad... no sabía qué sentía en aquel momento, pero tuvo que sentarse en una de las sillas.

La víspera de su boda, Troy había enviado a su mejor amigo para decirle que no podía casarse con ella. Además de pedirle que se encargase de devolver los regalos de la boda y, por supuesto, decir que podía quedarse con el anillo de compromiso.

Bonnie había sentido pena por Brett, el portador de la mala noticia, que estaba terriblemente avergonzado. Sólo después se dio cuenta de que debería haber sentido pena por sí misma, por su corazón roto. Pero la verdad era que no tenía el corazón roto y lo de que podía quedarse con el anillo era un insulto que seguía doliéndole en el alma.

A la mañana siguiente, el día en el que debería haberse casado, Bonnie llevó el anillo y el vestido de novia a una tienda de empeño. Sus padres, pobrecitos, que no sabían si consolarla o matar a Troy, habían cancelado el banquete y devuelto los regalos y ella siguió adelante con su vida como si nada hubiera ocurrido.

En realidad, Troy le había hecho un favor porque no estaba enamorada de él. No podía estarlo si no había sentido nada cuando él decidió cancelar la boda. Había herido su orgullo, su ego, pero siendo una persona optimista por naturaleza, pronto se le había pasado el disgusto.

–Aparentemente –siguió su hermana–, Troy les contó una historia lacrimosa. No sabía qué le había pasado, que estaba agotado, decía. Había trabajado mucho durante las semanas previas a la boda y estaba estresado. También les dijo que nunca se perdonaría a sí mismo por haberte hecho daño, que te quiere más que a nada en el mundo y sólo desea volver contigo.

–No me lo puedo creer.

–Pero no sabía dónde estabas y no podía ponerse en contacto contigo, bla, bla, bla... y ya conoces a mamá, que es una romántica empedernida. Se puso toda sentimental y le dijo dónde estabas Y, por eso, yo creo que Troy está a apunto de hacer su aparición... en cuanto pueda dejar su «mega impresionante» puesto de trabajo en Londres. Por eso he venido, para advertirte. No creo que tú seas de las que se ponen románticas cuando un hombre clava la rodilla en el suelo y suplica tu perdón con lágrimas de cocodrilo, pero algunas mujeres podrían...

–¡Yo no! –Bonnie se levantó de un salto.

Qué cara. Si Troy Frobisher quisiera volver con ella y ella estuviera loca por él podría estar tan ciega como para decirle que sí, pero no era el caso.

–Gracias por la advertencia, Lisa. Hablaremos después de comer. No te preocupes, yo no voy a dejarme engañar por él... o por ningún otro hombre. Además, tengo algo que contarte que hará que la visita de un ex prometido parezca una bobada.

Andreas Papadiamantis podía ser un acompañante encantador cuando quería y si su objetivo había sido que su hermana se sintiera como en casa, lo estaba consiguiendo.
Durante la comida, en la mesa de mármol frente a la piscina, sus facciones, aún atractivas, se suavizaron al mirar a las dos hermanas.
–Hablando de ser estricta con tus clientes, debo decirte que mi enfermera, tu hermana, también es una mujer formidable.
–Ya lo sé –rió Lisa.
–Cuando me diagnosticaron el cáncer y me pusieron en tratamiento yo insistí en que la noticia no saliera del hospital. Ya no soy el magnate que fui una vez, pero aún tengo muchas posesiones y, si la competencia supiera que estoy enfermo, mis acciones podrían perder valor. Bonnie entendió la situación enseguida y te diré una cosa: ha conseguido que los hombres de mi equipo de seguridad parezcan aficionados. Es como una leona defendiendo a sus cachorros –sonrió Andreas–. He vivido con la prensa metiéndose en mi vida desde que puedo recordar, pero el acoso había llegado a un punto increíble desde que mi hijo decidió

arruinarme. Pero Bonnie los echa de aquí... literalmente. ¡Encontró a un fotógrafo subido a un árbol cerca de la verja y lo tiró al suelo usando una garrota!

Bonnie se puso colorada. Se había sentido fatal después y había enviado a Spiro, uno de los hombres de seguridad, para comprobar que el reportero no estaba herido. Afortunadamente, no había ni rastro del fotógrafo ni de su cámara.

–No es algo de lo que esté orgullosa –le dijo.

–Bonnie me ha salvado la vida –siguió Andreas–. Bueno, los médicos han hecho lo suyo, no lo niego, pero yo ya había renunciado a todo. Hasta que Bonnie llegó y me enseñó a reír, a reír de verdad por primera vez en mi vida, a no tomarme las cosas tan en serio –los ojos del hombre se nublaron–. A mirar mi vida, reconocer mis errores y jurar que intentaría hacerlo mejor. Sé que la agencia la enviará a cuidar de algún otro paciente cuando los médicos digan que el cáncer ha remitido...

–Y el momento ha llegado –lo interrumpió ella, un poco entristecida.

–No quiero perderla –siguió Andreas–. Sé que es egoísta por mi parte, pero ella ha sido un milagro para mí. Incluso llegué a pedirle que se casara conmigo...

–¿Qué? –exclamó Lisa.

–No te preocupes. Mostrando un gran sentido común, Bonnie me rechazó... para gran disgusto mío, claro –el anciano sonrió, apretando su mano–. Bueno, ahora debo dejaros para echarme una siestecita, que es lo que me recomienda mi implacable enfermera.

Bonnie y Lisa se quedaron calladas hasta que la puerta del salón se cerró tras él.

–¿De verdad te ha pedido que te cases con él? –exclamó Lisa.

–Sí, bueno... –Bonnie se levantó, apartando una miga de su blusa blanca–. Vamos a buscar un sitio en el que podamos hablar tranquilamente.

Era el momento más caluroso del día y, normalmente, ella solía pasar esas horas en la piscina, pero quería estar a solas con su hermana.

Durante la última semana había querido hablar con alguien, pero allí no había nadie a quien pudiera confiarle sus intimidades. Ahora, como un regalo del cielo, Lisa estaba allí. Y no podía encontrar mejor confidente que su hermana, su mejor amiga.

La llevó a uno de los inmensos salones de la casa, elaboradamente decorado al estilo barroco. En su opinión, aquella casa era más un museo que un hogar, pero el aire acondicionado mantenía fresco el interior de la villa.

–¡Madre mía! ¿Quién ha decorado este sitio?

–Yo no, desde luego –sonrió Bonnie, dejándose caer en un elegante sofá de terciopelo.

Una semana antes, durante uno de sus paseos vespertinos con su paciente, Andreas había sugerido que se sentaran en un banco de madera bajo una parra.

Preocupada pensando que no se encontraba bien, Bonnie se había quedado de piedra cuando, de repente, Andreas le había pedido que se casara con él.

–No es un capricho ni una locura de viejo –le había dicho, apretando su mano–. Tú has traído optimismo y alegría a mi vida, me has dado esperanza cuando ya no tenía ninguna. Cuando estaba más débil, tú me has dado fuerzas y no quiero estar sin ti. Llevo tanto tiempo solo.

La tristeza que había en los ojos del hombre la había hecho sentir culpable. Sabía que era algo que ocurría a veces con los pacientes, pero eran coqueteos sin importancia que terminaban enseguida. Sin embargo, Andreas era, como él mismo había dicho, un hombre solitario. No tenía amigos ni familia, no tenía a nadie. Nadie lo visitaba nunca, nadie llamaba por teléfono para preguntar cómo estaba o enviaba una nota deseándole una pronta recuperación.

Demasiado sorprendida como para decir nada, Bonnie siguió escuchando:

–Sería un matrimonio sólo de nombre, por supuesto –dijo Andreas–. Yo no te exigiría nada y tendrías la protección de mi apellido... y mi apellido sigue significando algo en este país, aunque mi segundo hijo esté decidido a hundirme. Tengo una fortuna personal en un banco suizo, completamente aparte de mis negocios en Grecia. Cuando nos casemos, ese dinero será tuyo.

—Andreas...

—A cambio, lo único que te pido es que me hagas compañía y que me prometas interceder con mi hijo.

—Yo no sabía que tuvieras dos hijos —dijo ella, atónita e indignada.

Su familia siempre había estado muy unida y no podía entender cómo un hijo podía querer hundir a su padre. Era inconcebible para ella.

—Debo ser franco contigo —dijo Andreas entonces—. La cercanía de la muerte ha hecho que revisara mi vida... y lamento decir que he hecho muchas cosas mal. Mi primer matrimonio fue arreglado entre mis padres y los de ella. No nos queríamos. Entonces el amor no era importante, o eso pensé yo. En mi vida no había sitio para una emoción tan poco necesaria. Dirigir mi negocio, levantar un imperio, era lo único importante para mí. Ella, Alexandrina, murió poco después de tener a nuestro primer hijo, Theo —Andreas hizo una mueca—. La verdad, yo creo que murió para escapar de mí... y ése es un peso que llevaré siempre sobre mi conciencia.

El hombre hizo una pausa, como recordando algo que llevaba mucho tiempo enterrado en su memoria y, después de aclararse la garganta, siguió:

—Me casé de nuevo un año después. Un hombre joven tiene ciertas necesidades y una amante exige mucho tiempo y energía... tiempo que era más beneficioso ocupar en mi trabajo.

–¿Y casarse no exige tiempo y esfuerzo? –preguntó Bonnie, sorprendida.

Andreas dejó escapar un largo suspiro.

–Te cuento todo esto para que conozcas al hombre que solía ser. Un hombre cuya primera esposa murió para escapar de él y cuya segunda esposa huyó con otro. Un hombre cuyo primer hijo se marchó de casa en cuanto cumplió los dieciocho años porque, como él mismo dijo, lo criticaba demasiado y jamás le demostré cariño alguno... no volví a verlo nunca. Se fue de casa y se negó a trabajar en la empresa familiar, así que yo me lavé las manos. Murió de una sobredosis de heroína en París cinco años después.

Bonnie se mordió los labios, apenada.

–Lo siento mucho.

Andreas asintió con la cabeza.

–No estoy orgulloso del hombre que he sido. He sido un fracaso como marido, como padre, como ser humano. Ahora lo veo todo claro y no puedo decirte cuánto lo lamento. Pero, sobre todo, lamento no haber visto a mi segundo hijo desde que tenía catorce años... y que se haya convertido en mi encarnizado enemigo.

El anciano respiró profundamente. Empezaba a oscurecer y la gran bola escarlata del sol estaba bajando sobre el horizonte.

—Por eso te pediría, si aceptaras ser mi mujer, que te pusieras de mi lado y me dieras valor, que intercedieras con el hijo que me queda para que me perdonase. Quiero conocerlo, hacer las paces con él. Sueño con convertir su odio en amistad... o si eso no es posible, en una cierta simpatía. No quiero dejar este mundo sin tener a nadie, absolutamente a nadie de mi sangre que llore por mí.

Bonnie tenía un nudo en la garganta. Le daba tanta pena aquel hombre. Por lo que le había contado, merecía lo que le pasaba, pero estaba claro que se arrepentía. Su enfermedad y la posibilidad de morir le habían abierto los ojos y merecía una segunda oportunidad.

Pero tenía que dejar algo bien claro. Suspirando, apartó su mano y lo miró a los ojos.

—Andreas... —empezó a decir—. Yo siento afecto por ti.

Y era cierto. Se habían llevado bien desde el principio. Ella siempre ofrecía los mejores cuidados posibles, pero con Andreas había sido diferente porque respondía positivamente a todas sus demandas, sin quejarse ni una sola vez. Ella hacía todo lo posible por sus pacientes, aunque fueran insoportables, pero con aquel hombre no había tenido que esforzarse siquiera.

—Pero no puedo casarme contigo —siguió—. Es muy halagador que hayas pensado en mí, pero el matrimonio debe ser algo más que un contrato. La compañía es importante, por supuesto, pero tiene que haber mucho más.

–Claro, lo entiendo –asintió Andreas.

–Pero te prometo una cosa: haré todo lo que pueda para que hagas las paces con tu hijo.

Lisa, después de contarle todo eso, la miró, perpleja.

–¿Y qué piensas hacer? ¿Qué vas a decirle a ese hombre? Si odia tanto a Andreas, no creo que sea fácil convencerlo para que hable con él.

–Ya se me ocurrirá algo –sonrió Bonnie, con una confianza que en realidad no sentía.

En el fondo, temía que el asunto no tuviera solución. Por lo que Andreas le había contado, la relación con sus hijos no había sido precisamente paternal, aunque eso no justificaba que un hijo quisiera arruinar a su padre. Una persona tenía que ser mala de verdad para hacer algo así.

Cómo iba a llegar hasta él, no tenía ni idea. Pero le había prometido a Andreas que haría todo lo que estuviera en su mano y ella siempre cumplía sus promesas.

Capítulo 2

¡STAVROS!
El grito, en medio del abrumador calor de la tarde, mientras el mar bañaba suavemente la base del acantilado, sobresaltó a Bonnie que, de repente, sintiéndose insegura en su refugio entre las rocas, se dedicó a escuchar la conversación en griego entre los dos hombres, sin entender una sola palabra.

Quien estaba dando órdenes era alguien que esperaba ser obedecido de inmediato, sin que se hicieran preguntas. En realidad, se compadecía del tal Stavros.

Sujetándose a la pared de roca, Bonnie guardó la botella de agua mineral en la bolsa de tela antes de echársela al hombro. Al menos había alguien por allí que podía indicarle el camino.

Dos días antes, un ferry la había depositado en el muelle de aquel pueblecito pesquero, sus casas de color pastel rodeando el puerto, las colinas que lo resguardaban cubiertas de viejos y retorcidos olivos.

–No es un destino turístico, es una isla a la que sólo van los que quieren estar tranquilos –le había dicho Andreas–. Por lo que yo sé, sólo tiene una carretera, un puñado de tiendecitas y un par de tabernas. El estilo de vida en la isla es muy tradicional y por eso los más ricos construyen sus casas allí, atraídos por la paz y la tranquilidad. Mi hijo pertenece a ese selecto grupo. Está allí ahora y tengo la impresión de que será más fácil hablar con él cuando está relajado.

¡Si podía encontrarlo!, pensó Bonnie.

Cada vez que mencionaba el nombre de Dimitri Kyriakis recibía como respuesta miradas de sorpresa de la gente del pueblo. Y la viuda Athena Stephanides, en cuyo hostal se alojaba, cortesía del dinero de Andreas, se había limitado a encogerse de hombros.

–Lo siento, no conozco a nadie que se llame así.

La única opción que le quedaba era ir hacia el sur, a la zona donde los ricos habían construido sus lujosos escondites. Con helipuertos y piscinas olímpicas, le habían dicho.

Aparentemente, la gente del pueblo guardaba la privacidad de sus millonarios vecinos y era lógico, pensó Bonnie. Evidentemente, era bueno para la economía local porque reclutaban gente a todas horas para hacer los trabajos que ellos no se molestaban en hacer.

De modo que no tenía más remedio que dirigirse hacia allí y llamar a alguna puerta, esperando que alguien fuese tan amable como para indicarle dónde vivía el esquivo Dimitri Kyriakis... sin que le echasen los perros.

No iba a ser fácil, pero se lo había prometido a Andreas. Además, quería ayudarlo porque sabía que lamentaba profundamente los errores que había cometido en el pasado. Y porque alguien tenía que ayudarlo.

Pero su idea de seguir por la costa hasta el sur de la isla, donde estaban las escondidas villas de vacaciones, no le parecía tan brillante ahora como cuando miró un mapa en el hostal.

Podría haber hecho mayores progresos de haber ido por la carretera. Habría sido más aburrido, pero menos difícil que recorrer una costa llena de piedras y con un acantilado al fondo. Diciéndose a sí misma que no se iba a caer al mar porque no era tan tonta, Bonnie apretó los dientes y siguió adelante, dirigiéndose a lo que en el mapa era una cala en forma de herradura porque desde allí había una carretera de tierra que llevaba a la zona de las mansiones.

Se detuvo un momento para tomar aire y miró hacia abajo. La cala era espectacular... pero lo era más el hombre que caminaba por la playa con unos maderos en la mano.

Alto, moreno, con un físico magnífico, la musculatura de sus hombros y su espalda era impresionante. Como la estrecha cintura y las delgadas caderas bajo unos vaqueros cortados.

¿Sería el tal Stavros?

Bonnie decidió bajar a hablar con él. Sólo para preguntarle cómo podía llegar a su destino, por supuesto. Claro que conversar, aunque sólo fuera un momento, con un hombre tan guapo sería un buen pasatiempo.

Sonriendo, empezó a bajar por las rocas... pero metió el pie en una hendidura y se maldijo a sí misma por no mirar dónde pisaba.

Agarrándose a las piedras, se inclinó para frotar el dolorido tobillo, su melena rubia escapando de las horquillas que la sujetaban y cayendo sobre su cara. Pero cuando descubrió que no podía apoyar el peso de su cuerpo sobre ese pie, un sollozo escapó de su garganta.

¿Y ahora qué iba a hacer? ¿Cómo iba a ir a ningún sitio? No había transporte público en la isla y, aunque pudiese ir a gatas hasta la carretera, tendría que esperar horas hasta que pasara un coche.

–Quédate donde estás.

El dolor del tobillo la había hecho olvidar al hombre de la playa, pero él debía haberla oído gemir porque había dejado los maderos tirados sobre la arena y estaba subiendo hacia ella con una rapidez sorprendente.

De cerca era aún más impresionante. Y eso era decir mucho.

Su rostro era tan atractivo como el resto de su cuerpo. Líneas duras y marcadas, una estructura ósea angular, con un mentón cuadrado y el pelo y los ojos negros como la noche.

Bonnie se quedó mirando, sin darse cuenta, una boca de labios carnosos... con un rictus entre sensual e implacable.

Pero también él estaba examinándola y Bonnie bajó la mirada, avergonzada.

–Estás herida –dijo él entonces, con voz ronca. Le hablaba en su idioma, con un leve acento–. ¿Confías en mí para que te ayude a bajar de aquí?

–Sí, por favor. Muchas gracias –Bonnie intentó sonreír, pero le salió una mueca.

¿Qué le pasaba? Ella era una chica con los pies en el suelo, aunque en aquel momento le resultara difícil hacerlo, y no solía ponerse nerviosa al ver a un hombre guapo. Claro que aquél debía ser el hombre más guapo que había visto nunca.

Ella era una mujer práctica, sensata, una enfermera profesional...

Pero todo pensamiento sensato desapareció de su cabeza cuando el Adonis la tomó en brazos sin aparente esfuerzo y bajó hasta la playa por las rocas con la seguridad de una cabra montés.

Dejándola sobre la arena con sumo cuidado, se inclinó para examinar el tobillo herido.

Un mechón de pelo negro caía sobre su frente y Bonnie sintió el absurdo deseo de pasar los dedos por él.

–Sólo es un esguince y un pequeño corte –anunció, con una sonrisa–. Te llevaré a mi casa para limpiar la herida.

Intentando salir de aquel estado de catatonia adolescente, Bonnie se aclaró la garganta:

—Estás siendo muy amable y no sabes cuánto te lo agradezco, pero... Stavros, ¿verdad? No quiero molestar. Seguro que si descanso un ratito se me pasará el dolor.

Dimitri Kyriakis no la corrigió.

Debía haberlo oído llamando a uno de los criados para recordarle que debía bajar al puerto a recoger el correo, que llevaba dos días esperando.

Pero cuanto más tiempo permaneciese en la ignorancia la rubia de su padre, mejor.

Su padre tenía buen gusto, eso desde luego. La rubia era más atractiva en persona que en fotografía. Esa melena dorada cayendo sobre sus hombros...

Bonitos hombros, bronceados, parcialmente escondidos bajo un top de cuello halter azul que escondía también unos soberbios pechos. Y las piernas que había visto en la fotografía...

—No es ningún problema —le dijo—. Será un placer ayudarte.

Un placer, desde luego. Que, además, lo ayudaría a descubrir qué estaba haciendo una mujer como ella, la amante de su padre, en una isla de la que casi nadie había oído hablar.

A menos, claro, que el viejo estuviese con ella. No, no lo creía. Allí no había lujosos restaurantes ni hoteles de cinco estrellas.

¿Sabría ella que Andreas Papadiamantis estaba prácticamente en la ruina? Seguramente no.

Saldría corriendo si se lo dijera. Sólo había una

razón por la que una mujer tan joven y tan guapa estaría con un viejo como su padre, decidió Dimitri, con un cinismo nacido de la experiencia. Si le decía que el dinero estaba acabándose, la chica saldría huyendo.

Pero había una manera más divertida de privar a su enemigo de tan atractiva compañera, pensó, mirando un par de preciosos ojos grises.

Él nunca había tenido ningún problema atrayendo al sexo opuesto, al contrario. Pero tampoco había sabido si la atracción era debida a su personalidad o a su dinero.

Lo último, sospechaba.

Claro que cuando él tenía una amante siempre dejaba claro que no habría boda ni final feliz.

Últimamente había estado jugando con la idea de sentar la cabeza y formar una familia, pero ver la fotografía de aquella rubia había hecho que se olvidase del tema.

Verla en persona lo había matado por completo. Durante un tiempo, ya que el destino le había dado otra oportunidad de vengarse por lo que su padre había hecho tanto tiempo atrás.

Y, como él nunca perdía una oportunidad, Dimitri tomó en brazos aquel delicioso regalo de los dioses y sonrió cuando ella le echó los brazos al cuello, dejando escapar un suspiro de satisfacción.

La tenía, era suya.

Capítulo 3

DIMITRI la depositó en un sillón de mimbre, bajo una parra del patio, admirando la deliciosa curva de sus pechos bajo el top azul, la estrecha cintura y las voluptuosas caderas, para reposar finalmente en sus generosos labios.

Material de amante.

Definitivamente.

Pero, por lo que él sabía, y había seguido a su enemigo durante esos años como un felino buscando a su presa, su padre no solía tener amantes caras. Con el paso del tiempo, Dimitri había aprendido cómo funcionaba la mente de Andreas.

Una amante exigía demasiado tiempo, demasiado esfuerzo y dinero.

Una esposa era diferente. A una esposa se la podía ignorar o tratar como si fuera un mueble. Sus aventuras extra maritales eran asuntos furtivos con las criadas, si debía guiarse por la experiencia de su pobre madre.

Aquella rubia, sin embargo, estaría buscando una alianza. No era una joven inocente, deslumbrada por las atenciones de un millonario... con su aspecto, no podía serlo.

A juzgar por las fotografías que le había dado el investigador privado, la joven ya se había hecho un sitio en la villa y seguramente pronto aparecería un anuncio en los periódicos informando de que Andreas Papadiamantis iba a casarse por tercera vez.

Su enemigo debía estar congratulándose por tener a aquella deliciosa criatura calentando su cama cada noche... o cada vez que decidiera disfrutar del placer de su compañía.

A menos que él lo impidiese, claro.

Y eso sería divertido.

Bonnie se movió en la silla, inquieta. La mirada oscura de aquel hombre era tan penetrante... casi como si estuviera tocándola. Con el corazón acelerado, sintió un extraño calor extendiéndose por su cuerpo, haciendo que sus pechos se hincharan, los pezones rozando la blusa. Aquel hombre tan sexy podía hacerla olvidar que ella era una mujer sensata, con la cabeza sobre los hombros.

–Espera aquí, vamos a intentar ponerte más cómoda –le dijo.

Luego desapareció, a través de una puerta de cristal, en la que debía ser la lujosa casa de su jefe.

La ausencia temporal de Stavros le dio un respiro y la oportunidad de ser sensata de nuevo. Sí, bueno, era el hombre más atractivo que había visto en toda su vida, pero lo mejor de todo era que seguramente era de por allí, de modo que podría decirle cómo llegar hasta la casa de Dimitri Kyriakis.

Según Andreas, su hijo iba a la isla sólo un par de veces al año, pero en un sitio tan pequeño como aquél todo el mundo se conocía y Stavros podría confirmarle si estaba allí o no.

Y por eso estaba sonriendo cuando volvió a aparecer, llevando en los brazos lo que parecían gasas y suministros médicos suficientes para llenar la farmacia del pueblo.

–Creo que tú podrías ayudarme –le dijo, cuando se arrodilló frente a ella para limpiar la herida.

Dimitri arrugó el ceño. Esa sonrisa suya podría iluminar toda una habitación. Pero lo que de verdad lo sorprendía era la falta de artificio. En su experiencia, las buscavidas, y eso incluía chicas jóvenes y guapas dispuestas a casarse con ancianos, eran siempre artificiales.

–Creí que eso era lo que estaba haciendo –murmuró, limpiando la herida con un algodón empapado en agua oxigenada.

–No, quiero decir... bueno, sí, claro –Bonnie intentaba por todos los medios calmar las mariposas que empezaron a revolotear por su estómago en cuanto esos dedos largos y morenos rozaron su piel. Y el pelo que caía sobre su frente... deseaba de tal forma tocarlo que le dolía–. Es que estoy intentando localizar a una persona.

–¿Ah, sí? –después de limpiar la herida, Dimitri vendó el tobillo y lo sujetó con un imperdible. Aparentemente, estaba a punto de descubrir qué hacía la amante de su padre en la isla–. Yo creo que con un par de días de descanso, sin apoyar el pie, estarás como nueva. ¿Qué decías?

Bonnie parpadeó. Tener a aquel hombre delante de ella, tan cerca, la dejaba sin aliento. Ningún hombre, ni siquiera Troy, y había estado a punto de casarse con él, había provocado esa reacción en ella.

Preguntándose dónde estaba su sensatez, intentó seguir:

—Tiene una villa por aquí cerca. No viene a menudo, pero creo que ahora mismo está aquí. Se llama Dimitri Kyriakis... ¿lo conoces? ¿Sabes dónde está su casa?

Dimitri se levantó, estirando su metro ochenta y nueve de estatura. La sorpresa de escuchar su nombre en los labios de la amante de su padre hizo que su voz se endureciera.

—¿Por qué quieres saberlo?

Muy poca gente conocía su refugio. No más de tres personas, todas ellas de absoluta confianza, empleados leales que morirían antes que desobedecer sus órdenes. Uno de ellos, su criado, Stavros.

De modo que tenía que haber sido su enemigo. Andreas debía tener espías que lo vigilaban mientras él vigilaba a su padre. Y era lógico. Pero a él no le gustaban los misterios y quería resolver aquél lo antes posible.

Se le ocurrían al menos dos razones por las que el viejo habría mandado a su amante a buscarlo: la primera, empujarlo por un acantilado. O tal vez, y eso era lo más acertado seguramente, para que ella lo sedujera y descubriera cuáles eran sus intenciones... en la cama.

¿Pensaba Andreas que sería tan indiscreto, tan idiota?

Pero sería interesante descubrir hasta dónde estaba ella dispuesta a llegar.

A Bonnie se le había encogido el corazón al escuchar su abrupta respuesta. Por un momento, Stavros le había dado hasta miedo. ¿Iba a ser igual que el resto de los habitantes de la isla, que decían no saber nada de Dimitri Kyriakis?

Además, ella no podía contestar a su pregunta. La razón por la que Andreas quería que se pusiera en contacto con Dimitri Kyriakis era algo privado entre padre e hijo. Algo muy personal que no se le podía contar a cualquiera, de modo que se sentía impotente, algo a lo que no estaba acostumbrada.

–Intentaré averiguarlo, si tanto te interesa.

Bonnie dejó escapar un suspiro de alivio al verlo sonreír otra vez.

–La verdad es que te estaría muy agradecida –le dijo. Pero se preguntaba por qué su voz sonaba como la de una adolescente encandilada y no como la de la mujer sensata que era.

¿Cómo de agradecida?, se preguntó Dimitri, maravillándose de la tensión que experimentó su entrepierna ante la idea de descubrirlo; una reacción física inmediata que no había tenido desde que era un adolescente.

Pero cuando se inclinó hacia delante para tomar su mano, supo que descubrirlo no iba a ser un problema para ninguno de los dos.

La rubia exudaba deseo; desde los ojos grises a los labios entreabiertos o los pezones marcados bajo la blusa. Estaba excitada, podría jurarlo.

«Hazte el duro», pensó. «A ver hasta dónde llega».

Si la orden de su padre había sido que lo sedujera para que le revelase sus planes, tendría que esforzarse por el privilegio de compartir su cama. Y si él podía controlar su libido, le divertiría inmensamente verla intentando seducirlo.

¿Por qué iba a negarse a sí mismo ese placer? Al fin y al cabo, ella no iba a descubrir nada.

–¿Dónde te alojas?

Seguía apretando su mano y a Bonnie le gustaba más de lo que debería. Era un extraño del que no sabía absolutamente nada, pero hacía que se sintiera... segura.

¿Porque había ido a rescatarla cuando tropezó en las rocas?, se preguntó. ¿O porque ella se había ofrecido a buscar el paradero del hijo de Andreas y siempre cumplía su palabra?

¿O habría algo más?

–Cerca del muelle, en casa de Athena Stephanides –contestó, con voz extrañamente ronca.

–Ah, la conozco –Dimitri la ayudó a levantarse de la silla, pasándole un brazo por la cintura para que no tuviera que apoyar el pie–. Todo el mundo sabe que suele atender a los mochileros que vienen por aquí, pero tú no eres una mochilera.

–No, la verdad es que no.

–Estás buscando a un hombre.

Bonnie se puso colorada. Dicho así sonaba perverso... cargado de connotaciones sexuales. Y ella se sentía un poco perversa, tuvo que reconocer, mientras intentaba ordenar sus pensamientos sin mucho éxito. El cuerpo de aquel hombre rozaba el suyo, el ancho torso tocando su costado, el muslo desnudo rozando el suyo.

–Yo te llevaré a casa de Athena –dijo él entonces, tomándola en brazos.

La tentación de besarla era abrumadora, pero Dimitri nunca se había dejado llevar por la tentación en su vida y no estaba a punto de hacerlo. Él sabía cómo jugar.

Un camino de tierra llevaba hasta un edificio que parecía un antiguo granero, donde ahora estaban los coches.

Pero en lugar de dirigirse al impresionante Range Rover, Dimitri había subido a un viejo jeep sin capota que parecía más el coche de alguien del pueblo.

–No será un viaje cómodo –le advirtió, mientras tomaba la carretera, flanqueada de brezo y romero.

No eran para él las mansiones del otro lado de la isla, meticulosamente atendidas y cuidadas. Ni las verjas de hierro forjado que sólo se abrían gracias a artilugios electrónicos, ni las piscinas artificiales, ni el ejército de vecinos del pueblo que trabajaban allí para que los millonarios no tuvieran que hacer algo tan primitivo como levantar un dedo.

Cuando él iba a la isla dejaba atrás todo aquello a lo que estaba acostumbrado en Atenas. Lo único que quería era ver el mar, pescar desde las rocas cuando le apetecía, las habitaciones con sus techos altos y sus suelos de piedra, la inmensa chimenea, tan grande como para quemar ramas de olivo en las noches más frías... y sus libros, por supuesto. Ésos que nunca encontraba tiempo para leer cuando estaba en Atenas.

–A partir de ahora será un poco más fácil –le dijo, cuando dejaron atrás la carretera llena de baches–. Pero no mucho.

Bonnie sólo podía apretar los dientes y agarrarse al asiento, recordándose a sí misma que ir en un jeep sin capota, apartando insectos, era mejor que ir cojeando hasta el pueblo.

Cuando por fin llegaron al muelle, Stavros tuvo que pisar el freno para no chocar con otro coche en la estrecha callejuela. La casa de Athena estaba al lado de una taberna frente a la que varios ancianos se sentaban a ver pasar las horas y de la panadería, donde Bonnie compraba el mejor pan que había probado nunca.

–No sé cómo darte las gracias, Stavros. Eres muy amable, de verdad.

Y ése era, pensó, el tono que debía usar. El

tono de una persona sensata y capaz que se encontraba temporalmente en deuda con un extraño.

Pero entonces recordó que él debía cumplir su promesa de preguntar si Dimitri Kyriakis estaba en la isla. Bonnie se debatía entre el deseo de no volver a ver nunca a aquel hombre tan sexy que tenía sus hormonas descontroladas y la idea de pasar algún tiempo con él.

–Lo mínimo que puedo hacer es ofrecerte un refresco. Voy a hablar con Athena.

Dimitri se volvió para mirarla. La invitación había sido hecha con un tono amable y discreto, sin coqueteos. Aunque él esperaba algo más descarado.

Pero dos personas podían jugar al mismo juego.
–No, gracias. ¿Quieres que te ayude a bajar?
–Puedo hacerlo sola.

Athena estaba saliendo de la casa en ese momento, pero Dimitri no quería verla porque lo llamaría por su nombre y era demasiado pronto para dejar que la cazadora descubriera quién era su presa.

Bonnie se había quedado un poco sorprendida por la negativa de Stavros. Parecía estar deseando perderla de vista y, evidentemente, no serviría de nada recordarle que había prometido localizar a Dimitri Kyriakis.

Seguramente sólo había hecho esa oferta para que lo dejase en paz y no tenía intención de hacer nada. Como el resto de la gente del pueblo, mantenía la boca cerrada sobre los ricos habitantes de la isla.

—Espera.

Bonnie se volvió. Stavros estaba sonriendo y se le encogió el estómago al ver el brillo de sus ojos.

—Dime tu nombre.

Ella tuvo que hacer un esfuerzo para encontrar su voz:

—Bonnie Wade.

—Bonnie —repitió él—. Me gusta, te pega mucho.

Y luego, después de deslizar los ojos oscuros por sus pechos, el estómago plano y las voluptuosas caderas, levantó la mano para decirle adiós y arrancó a toda prisa, dejándola apoyada en la pared, preguntándose por qué aquel hombre podía hacer que se sintiera tan... lujuriosa.

Capítulo 4

NO TE PREOCUPES –intentó tranquilizarla Andreas–. Mi hijo sabe guardar bien su intimidad –en su tono había cierta admiración, o eso le pareció a Bonnie, pero después dejó escapar un suspiro de derrota que la hizo sentir culpable–. Tal vez he sido demasiado optimista pensando que lo encontrarías de vacaciones en la isla y estaría lo bastante relajado como para escucharte.

Bonnie se mordió los labios al notar que intentaba darle a su voz un tono alegre y despreocupado.

–Pero no te preocupes, tienes una semana más para encontrarlo y muchas cosas pueden ocurrir en ese tiempo. Y, pase lo que pase, yo sé que tú habrás hecho todo lo posible.

¿Pero lo había hecho?, se preguntó ella. Bonnie se despidió del anciano y guardó el móvil en el bolso. A pesar de sus intenciones, Andreas no había podido disimular su decepción cuando lo llamó a finales de semana para informar de su fracaso.

Una semana más no parecía mucho tiempo... especialmente ya que no había conseguido nada durante la primera. Y no había forma de alargar su estancia en la isla. Había pensado tomarse tres semanas de vacaciones, pero quería pasar una semana en Inglaterra para celebrar que su padre cumplía sesenta y cinco años y estaba a punto de retirarse.

Entonces hizo una mueca, enfadada. Había querido ayudar al pobre Andreas, pero no parecía capaz de hacerlo. El hombre lamentaba de verdad cómo se había portado con Dimitri y, al saber que tenía cáncer, estaba ansioso por solucionar las cosas con el único hijo que le quedaba.

Cuando le preguntó a Athena, la mujer le contó que los propietarios de las mansiones solían llegar en helicóptero o en alguno de los lujosos yates que atracaban en el puerto. Pero esa información no le sirvió absolutamente para nada.

Bonnie había ido preguntando por el muelle, pero todas sus preguntas eran recibidas con evasivas o encogimientos de hombros.

Y lo que la hacía sentir aún más impotente era el maldito tobillo. Cojeando, y con la ayuda de un bastón que Athena le había prestado, era imposible recorrer la isla. Aunque ahora, cinco días después del accidente, se encontraba mejor.

Y estaba dispuesta a buscar a Stavros. Durante aquellos días de relativa inactividad lo había buscado por el pueblo, pero no había ni rastro de él.

¿De verdad había creído que iba a ayudarla a localizar al esquivo Dimitri Kyriakis?

Casi con toda seguridad se habría olvidado de ella una hora después de conocerla. Con lo guapísimo que era, seguramente tenía por costumbre hacerse el interesante con las mujeres. Su ego masculino se lo exigiría. Y luego, satisfecho al haber conseguido encandilarlas, se olvidaba de ellas.

Desde luego, a ella la había encandilado. ¡Y cómo! Stavros debía haberlo notado, pensó Bonnie, enfadada consigo misma.

Pero eso había sido entonces. No quería verlo porque estuviera interesada en él, sólo quería recordarle que había prometido ayudarla y, si era posible, hacer que se sintiera mal por faltar a su palabra. Tan mal que su conciencia le exigiera echarle una mano y, de ese modo, ella sería capaz de ayudar a Andreas, que era quien más lo necesitaba.

Después de ponerse crema solar para evitar los estragos del implacable sol griego, Bonnie tomó un sombrero de paja y bajó alegremente la escalera para despedirse de Athena.

Sabía dónde trabajaba Stavros y tenía la excusa perfecta para ir a verlo. Aquel día, después de ayudarla a bajar de las rocas, o llevarla en brazos más bien, Bonnie había olvidado su bolsa, de modo que le diría que había ido a buscarla. Dentro no había nada de importancia, pero Stavros no sabía eso.

Y después le recordaría su promesa. Y le exigiría que le dijera por qué no la había cumplido.

Dimitri sonrió, satisfecho, mientras dirigía el jeep hacia la solitaria figura que iba por la carretera.

Su precioso pelo rubio estaba escondido bajo un viejo sombrero de paja, pero afortunadamente el resto de ella estaba a la vista. Y bien a la vista.

Con un top blanco sin mangas que se ajustaba a sus curvas y un pantalón corto de color azul cielo que destacaba sus largas y bien torneadas piernas, era como una visión en medio de aquella vieja y solitaria carretera.

Una ola de calor se extendió por la entrepierna de Dimitri. Ningún problema. Había pensado que lo mejor sería dejarla cociéndose en su salsa durante unos días y, evidentemente, estaba en lo cierto porque la preciosa Bonnie iba a buscarlo.

El contenido de su bolsa no había revelado nada: crema solar, gafas de sol, una botella de agua y un mapa de la isla no muy detallado. Él se había fijado en la bolsa, colgando del respaldo de la silla en el patio, pero no había dicho nada cuando Bonnie no se dio cuenta de que se la olvidaba, esperando encontrar allí alguna pista sobre su estancia en la isla.

Y, sin embargo, no había encontrado nada.

Fuera cual fuera la razón por la que estaba allí,

no la había encontrado en la bolsa, de modo que debía estar dentro de esa preciosa cabecita.

Y era preciosa, pensó mientras pisaba el freno del jeep. Sus ojos grises, ocultos tras unas gafas de sol y el ala del sombrero, una piel de seda bronceada por esos días en la isla, las pecas en la nariz y esa boca tan deseable...

—¿Estabas buscándome? —Dimitri fue el primero en romper el silencio, levantando una ceja en irónica interrogación.

¿Cómo hacía eso?, se preguntó Bonnie. ¿Cómo podía tener ese aspecto tan informal, tan relajado, con una camiseta oscura que parecía abrazar su torso, un viejo pantalón de color caqui y el pelo negro despeinado y, sin embargo, ser tan increíblemente arrogante al mismo tiempo?

—El otro día me dejé la bolsa...

Parecía estar sin aliento. ¿El resultado de ir cuesta arriba u otra cosa? El pulso latía frenéticamente en su cuello, pero parecía estar en forma, de modo que debía estar pensando en lo que su padre la había convencido para que hiciera: acercarse a él y descubrir cuáles eran sus planes en lo que se refería a los negocios del viejo.

Pero la verdad era que no le pegaba nada mostrarse tan... tímida. La clase de mujer que se acostaría con un anciano para conseguir dinero no parpadearía siquiera ante la idea de un poco de espionaje sexual.

—Iba a llevártela —dijo Dimitri.

—Ah, gracias.

Sí, Bonnie Wade era un enigma, pensó. Y, por primera vez en su vida, experimentaba un deseo desmedido por una mujer.

—Sube.

Por un momento, Bonnie estuvo a punto de decir que no. Se convertía en una masa de hormonas excitadas en presencia de aquel hombre y no le gustaba nada. Era una aflicción que no había sufrido nunca y que deploraba por completo. Pero entonces, justo a tiempo, recordó que seguramente Stavros era su única oportunidad de ayudar a Andreas.

De modo que, tragando saliva, subió al viejo jeep. No tardaría mucho en llevarla al puerto y dejarla allí, de modo que tenía que empezar a actuar y pronto. Debía olvidarse de su atractivo, que la hacía olvidar que ella era una persona sensata y, sobre todo, concentrarse en la razón por la que estaba hablando con él.

Pero cuando iba a recordarle su promesa de ayudarla a encontrar a Dimitri Kyriakis, Stavros giró el volante para dar la vuelta.

—¿Dónde vamos?

—Creo que deberíamos conocernos un poco mejor. Tú estás de vacaciones aquí y yo tengo tiempo libre —contestó él, con toda tranquilidad—. Además, tenemos cosas que hablar.

Se sentía muy tranquilo sabiendo quién era ella, quién la había enviado y por qué.

Iba un paso por delante y se encontraba muy cómodo así.

—Pues... —a Bonnie no se le ocurría absolutamente nada que decir.

Era lo bastante mayorcita como para saber que una mujer no debía subir al coche de un extraño con destino desconocido, aunque el extraño fuese tan guapo como un dios griego, pero la emoción que había provocado eso de que «deberían conocerse mejor» y las posibilidades que había en esa frase la dejaron muda.

Nunca en toda su vida hubiera pensado que no tenía dos dedos de frente. Claro que, por otro lado, Stavros tenía razón. Tenían cosas que hablar. Por ejemplo, sobre el paradero de Dimitri Kyriakis y cómo podía ponerse en contacto con él.

Satisfecha de que el sentido común no la hubiera abandonado del todo, Bonnie intentó relajarse estirando las piernas.

—Bueno, ¿dónde vamos? —le preguntó, esperando tener la suerte de que su destino fuera la casa de Kyriakis.

Stavros tardó algún tiempo en contestar y Bonnie miró su hermoso perfil: los pómulos altos, el mentón cuadrado, la sombra de barba, tan masculina.

—A un sitio tranquilo —dijo por fin, girando a la derecha para tomar un camino—. ¿Te parece bien?

Dimitri tuvo que hacer un esfuerzo para no soltar una carcajada al ver su expresión. Si estaba en lo cierto y Bonnie tenía la intención de usar sus encantos para seducir al hijo de su amante con objeto de averiguar sus planes de futuro, ¿hasta dónde estaría dispuesta a llegar para conseguirlo?

Ella lo creía un isleño, un trabajador llamado Stavros. ¿Cómo iba a conseguir que le dijera para qué quería ver al hijo de Andreas Papadiamantis?

Las posibilidades eran interminables y muy entretenidas.

Bonnie apoyó las manos sobre las rodillas y tragó saliva. ¿Qué había querido decir con eso? ¿Por qué iba a parecerle bien que la llevase a un sitio tranquilo?

En su trabajo había aprendido a tratar con todo tipo de pacientes, pero aquel hombre... la hacía sentir escalofríos.

–Lo único que quiero... –empezó a decir, agarrándose al borde del asiento mientras el jeep iba dando saltos por el camino–. Lo único que quiero es saber dónde puedo encontrar a Dimitri Kyriakis.

Tendría que hacer algo mejor que eso, pensó él. Mucho mejor.

Dimitri pisó el freno y se volvió hacia ella.

–¿Te gusta?

Desconcertada por su evidente reticencia, seguramente porque ni siquiera se había molestado en hacer averiguaciones y la estaba llevando por aquel camino sin ninguna razón, Bonnie no pudo disimular su enfado:

–¿Si me gusta qué?

–Mira –dijo él entonces, girando su cara con un dedo.

Bonnie dejó escapar un gemido. Estaban en una meseta natural desde la que podía verse una playa de arena blanca.

—Se llega abajo por un camino a través de los árboles y nadie viene por aquí. Es mi lugar favorito de la isla.

—Es precioso —consiguió decir ella.

—El hombre al que quieres encontrar viene a la isla para escapar de la presión del trabajo y tal vez no le guste ser molestado. Aunque si supiera que una mujer tan guapa como tú quiere hablar con él, seguramente no le importaría.

Estaba mirándola con total descaro, desde el escote de la blusa a los pantalones, que ahora le parecían demasiado cortos. Y, sin embargo...

Tenía que olvidarse del cosquilleo que sentía en el estómago, se dijo a sí misma, intentando concentrarse en lo que Stavros estaba diciendo.

—Comeremos, beberemos un poco, nadaremos un rato y luego hablaremos del asunto.

Le había dicho que era guapa y Bonnie se sentía tontamente halagada. Más que eso. Lamentando la pérdida de su habitual serenidad, no encontraba nada que decir mientras él tomaba la nevera portátil con una mano y a ella con la otra para llevarla entre los árboles. Dos veces tropezó en el camino, lleno de piedras, porque estaba demasiado ocupada intentando controlar las sensaciones que provocaba el roce de su mano como para prestar atención.

La primera vez que tropezó, Stavros soltó su mano y la tomó por la cintura, un gesto que sólo logró empeorar la situación. La segunda vez, la apretó un poco más contra su magnífico cuerpo, debilitándola hasta tal punto que se le doblaban las piernas.

–Comeremos a la sombra –dijo Stavros cuando un mar que brillaba bajo el sol como un enorme diamante azul apareció ante sus ojos.

Bonnie se dejó caer a la sombra de un olivo, agradecida no por la sombra o la suave arena blanca sino porque si Stavros hubiera seguido apretándola contra su costado un segundo más no sabía qué habría hecho.

Aquel hombre debería llevar una advertencia del Ministerio de Sanidad, pensó, incapaz de apartar los ojos del movimiento de sus bíceps mientras abría la nevera, preguntándose si alguna mujer del planeta estaría a salvo con un hombre como él.

¿Estaría a salvo ella de sí misma? Porque Stavros no estaba intentando seducirla. Cuando la tomó por la cintura lo hizo para evitar que tropezase.

Era culpa suya, decidió, mientras él le pasaba un plato de queso feta con tomates y aceitunas. Cuando estaba con Stavros no podía controlar su sexualidad. Pero ella jamás había sentido algo así.

Era deplorable. Sencillamente, no era su estilo. Nunca debería haber aceptado ir con él, pensó.

Debería haber insistido en que la llevase al pueblo o haberse quedado al borde de la carretera.

Pero entonces recordó.

El hijo de Andreas. Estaba segura de que Stavros podría ayudarla a localizarlo. Lo que había dicho sobre que Kyriakis iba a la isla para aliviar las tensiones del trabajo sugería que lo conocía. De modo que sólo tenía que convencerlo para que le dijera cómo ponerse en contacto con él.

Un poco más calmada, más en control de la situación, Bonnie se concentró en la comida, que estaba deliciosa, evitando mirar a Stavros. Le preguntaría por Kyriakis en cuanto hubiesen terminado de comer.

Pero cuando terminó de comer, se encontró con un vaso de fresco vino blanco en la mano. Los dedos de Stavros rozaron los suyos y, de nuevo, sintió aquel cosquilleo en su interior. Y, para controlarlo, se tomó el vino de un trago.

–Tienes calor, *pethi mou*.

Bonnie sabía que debía estar sudando porque la tela de la blusa se pegaba a su cuerpo, pero cuando bajó la mirada, avergonzada, Stavros le quitó el sombrero, dejando que el pelo cayera por su espalda.

–No hay nada de qué avergonzarse en un día como hoy. Hace mucho calor –su tono era burlón mientras inclinaba la cabeza para rozar con la lengua las gotas de sudor que corrían por su cuello.

Bonnie sintió un escalofrío tan violento ante el roce de su lengua que tuvo que hacer un esfuerzo sobrehumano para no sujetar su cabeza exactamente donde estaba. Un gemido, en parte de vergüenza, en parte de excitación, escapó de su garganta cuando la lengua de Stavros penetró ligeramente por el escote de la blusa.

Y cuando levantó la cabeza y vio el brillo perverso en sus ojos negros se preguntó qué le impedía darle una bofetada por tomarse tales libertades.

El deseo se lo impedía, pensó, deseando que la tocase otra vez y odiándose por ello.

—Deberíamos darnos un baño.

Bonnie sacudió la cabeza, en un vano intento de aclarar sus ideas. ¿Por qué estaba dejando que aquel hombre le dijera lo que tenía que hacer? ¿Por qué había dejado que la tocase íntimamente? ¿La vería como a una de esas turistas en busca de emociones de las que pululaban por Grecia? ¿Sería tan típicamente machito que miraba a todas las mujeres como meros juguetes que estaban allí para darle placer?

Bonnie se aclaró la garganta antes de hablar:

—Estamos aquí, si no recuerdo mal, para hablar de Dimitri Kyriakis. Y estamos perdiendo el tiempo.

Era un alivio haber sido capaz de olvidar lo que la hacía sentir e ir directamente a lo que la interesaba, pero su euforia cayó en picado cuando él se levantó de un salto.

—Más tarde. Venga, vamos a nadar.

—Pero...

–Más tarde.

Su sonrisa la deslumbró. No había otra explicación posible porque, un segundo después, Stavros empezó a quitarse la camiseta y ella se quedó sin palabras. Tenía un torso magnífico, de pectorales marcados y estómago absolutamente plano, la piel de color bronce cubierta de un fino vello oscuro.

Stavros tiró la camiseta al suelo sin dejar de mirarla a los ojos y bajó las manos hasta la cinturilla de su pantalón... y Bonnie pensó que iba a desmayarse.

Capítulo 5

BONNIE daba manotazos al aire, intentando apartar de su cara un insecto que parecía haber decidido atormentarla, mientras se regañaba a sí misma.

Allí, en medio del mar azul, Stavros estaba nadando tranquilamente. A pesar de lo prometedor del pecaminoso strip-tease, que la había dejado con la boca seca y el corazón latiendo a mil por hora, bajo los pantalones llevaba unos respetables calzoncillos negros.

Bueno, si se consideraba «respetable» que un hombre de casi metro noventa y cuerpo de escándalo estuviera a unos centímetros de su cara con unos calzoncillos negros...

Aun así, Bonnie había tenido que decidirse entre el deseo y sentido común cuando Stavros le preguntó si quería unirse a él.

—No, gracias —le había dicho, con lo que esperaba fuese amable indiferencia. Y él, encogiéndose de hombros, se había tirado al agua.

Seguramente habría sonado ridículamente pudorosa y, además, se condenaba a sí misma a morir de calor y a soportar el ataque de los insectos mientras él estaba refrescándose tranquilamente en el agua.

No era su estilo portarse como una tonta, se recordó a sí misma firmemente, levantándose para quitarse el pantalón. Con el top y unas braguitas de flores que podían pasar por un bikini, era tan respetable como cualquiera.

Y no tenía que nadar a su lado, además. El mar era lo bastante grande para los dos sin que tuvieran que tocarse. Ante la mera idea de tocarlo el corazón de Bonnie se aceleró de nuevo. Pues bien, no pensaría en ello, se dijo mientras corría hacia el agua y se lanzaba de cabeza.

Y, mientras el agua parecía enfriar un poco su más que estimable ardor, intentó encontrar algo de sentido común para evitar que sus enloquecidas hormonas se salieran con la suya.

Tenía que poner lo que había ocurrido en perspectiva.

Stavros era un hombre que tomaba una decisión y la llevaba a cabo, por lo visto. Iban a comer, iban a nadar y, según él, luego hablarían. En ese orden. Pues muy bien, esperaría entonces.

Se dejaría llevar, como se estaba dejando llevar en ese momento por las olas, y olvidaría cómo la afectaba aquel extraño.

Ella no había sido nunca una mujer excesivamente sexual, se recordó a sí misma, de modo que aquella locura tenía que ser una cosa temporal, provocada por un hombre con un físico fabuloso, el sol griego y la maravillosa isla.

Durante sus cuatro años de compromiso con Troy, jamás había sentido la tentación de lanzarse sobre él para comérselo a besos... y era su prometido. De hecho, su relación física había sido bastante tímida, ahora que lo pensaba. Y se había negado a vivir con él antes de casarse porque creía en esperar hasta la noche de bodas.

Bonnie siguió nadando pausadamente. Nadaba bien, pero no aguantaba mucho en el agua y no tardó en dirigirse hacia la playa. La corriente parecía haber aumentado durante los últimos minutos y, a pesar de acelerar las brazadas, no parecía estar haciendo progreso alguno.

Pero cuando intentó hacer pie se dio cuenta de que no podía y sintió miedo. Sólo entonces se dio cuenta de que la aparentemente plácida superficie del mar estaba marcada por lo que parecían agujeros negros...

Mientras movía los brazos frenéticamente, sintió que la corriente tiraba de ella hacia abajo y tuvo que llamar a Stavros, asustada. Afortunadamente, él se dio cuenta enseguida de lo que pasaba y, un segundo después, estaba a su lado, rodeándola con uno de sus brazos mientras nadaba con el otro.

–Relájate, no te va a pasar nada.

En unos segundos habían llegado a una zona en la que no cubría, pero a Bonnie se le doblaban las piernas.

–¿Por que no me habías avisado de que aquí había corrientes? –le espetó, para esconder su humillación.

–Pensé que lo sabías. Llevas una semana aquí...

–Pues no, no lo sabía. ¿Tienes por costumbre rescatar a damiselas en apuros?

Stavros sonrió, apartándose el pelo empapado de la cara.

–No, pero podría acostumbrarme.

Estaba aprovechándose de la situación, mirándola de arriba abajo descaradamente... para tomarla por la cintura un segundo después y aplastarla contra la clara evidencia de su excitación.

Bonnie lanzó un gemido de sorpresa.

–Deberías darme una recompensa –murmuró Stavros, buscando su boca con una pasión que casi la mareó.

Bonnie abrió los labios involuntariamente, deseando más, necesitando más. Sus pechos se apretaban contra el duro torso masculino y sólo cuando él se apartó se dio cuenta de que estaba agarrada a sus hombros como si le fuera la vida en ello.

Tenía que controlarse de una vez, pensó, mientras lo seguía hasta la sombra del olivo, la arena quemando sus pies. Stavros podría haber hecho lo que quisiera con ella y debía saberlo.

Pues claro que lo sabía. No era un niño, todo lo contrario.

Incluso ahora, sintiéndose humillada, sentía que sus pechos se hinchaban y un raro cosquilleo entre las piernas.

Pero el lado bueno, y su naturaleza optimista intentaba encontrar un lado positivo como fuera, debía agradecer que no se hubiera aprovechado de ella porque, en lugar de poner objeciones, seguramente lo habría animado.

Nunca había reaccionado así con un hombre en toda su vida y no le gustaba nada. Ella, que siempre lo controlaba todo, parecía perder el control al lado de Stavros. Él la besaba y ella se encendía, como si su cerebro se apagase por completo.

Dimitri se volvió para mirarla cuando llegaron a la sombra del olivo. Era poesía en movimiento, pensó. No tenía intención de besarla, pero resultaba comprensible porque era la mujer más deseable que había visto nunca. El agua hacía brillar su piel dorada y el top se pegaba a sus pechos como una segunda piel, marcando el círculo de sus pezones. Y las ahora casi transparentes braguitas dejaban poco a la imaginación.

Estaba para comérsela... y ella lo sabía.

Bonnie estaba jugando a un juego muy sutil. No intentaba seducirlo descaradamente para conseguir la información que quería, estaba usando tácticas mucho más refinadas.

Empezando por su negativa inicial a reunirse con él en el agua, con esa expresión de niña de colegio. Para cambiar después de opinión y meterse en «dificultades» para que tuviera que ir a rescatarla.

¿Estaría siendo demasiado cínico? Tal vez. Pero

la vida y la experiencia le habían enseñado que así eran las cosas. Y haría falta algo más que un par de ojos grises rodeados de fabulosas pestañas para que cambiase de opinión sobre las mujeres como Bonnie.

La había besado para probarla y su respuesta había sido la que esperaba. Su cuerpo lo urgía a seguir, deseando tomar lo que ella le ofrecía, pero se había apartado a tiempo, cuando Bonnie se apretaba contra él, ofreciéndole sus labios, agarrándose a sus hombros...

¿Sería todo un disimulo, una mentira, o esa respuesta habría sido real? ¿Se sentiría atraída por él?

Lo último, decidió. Era una mujer sensual, una mujer que usaría ese cuerpo fantástico para conseguir lo que quería. ¿Por qué si no se acostaría con un hombre que podría ser su padre?

–Dime por qué quieres encontrar a Dimitri Kyriakis, Bonnie.

Oír su nombre, pronunciado con esa leve traza de acento, la hizo sentir un escalofrío. Stavros estaba apoyado sobre el tronco del olivo, con los brazos cruzados sobre el pecho.

Intentaba evitar la oscura intensidad de su mirada, pero al hacerlo se veía enfrentada con aquel cuerpo de pecado y se agarró al salvavidas de la pregunta como pudo.

Podría conseguir de él la información que necesitaba y así no tendría que volver a verlo... de hecho, haría lo posible para no volver a verlo.

Era capaz de reconocer el peligro y sabía que estaba en peligro con Stavros. Pero si se conocía bien a sí misma, y sabía que así era, podría hacer un esfuerzo para controlarse y salir corriendo en cuanto tuviera la información que necesitaba. Además, seguramente Stavros era la última posibilidad que tenía de encontrar a Dimitri Kyriakis.

–Ponte cómoda mientras me lo cuentas –dijo él, cuando estaba a punto de contestar–. Siéntate.

Había un cambio en su tono, sutil, pero allí estaba, en su expresión de seguridad, casi arrogante.

Y Bonnie se sentó porque le parecía contraproducente discutir y, sobre todo, porque le temblaban las piernas.

Stavros se sentó a su lado, relajado cuando ella estaba tensa. Seguro que él podría decirle lo que necesitaba saber, ¿pero cuánto debía revelarle ella?

Sólo los hechos básicos, pensó, apartando un mechón de pelo de su frente.

–Tengo un mensaje para Dimitri de su padre. Y es un mensaje que estoy segura querrá recibir.

Interesante.

Dimitri observó sus expresivas facciones. Parecía convencida de lo que decía, como si transmitir aquel mensaje fuera importante para ella. Y para su padre, por supuesto. No debía olvidar a su padre. Que Andreas había enviado a aquella mujer a buscarlo era algo que había sabido desde el principio, tal vez porque no se fiaba de nadie. Y Bonnie se lo había confirmado.

Pero no era suficiente. Haría falta algo más que la promesa de un mensaje, que si existía, y lo dudaba, no sería más que una súplica de que le dejase con algo de su una vez poderoso imperio, como para que le descubriera su verdadera identidad.

El viejo estaba jugando, como era su costumbre y Dimitri casi lo admiraba por ello. Pero dos podían jugar al mismo juego. Descubrirle a Bonnie su verdadera identidad significaba que su padre ganaría esa batalla. Y eso no iba a pasar.

Despreciaba al hombre que lo había echado de su casa cuando intentó conseguir ayuda para su madre enferma, lo odiaba desde que provocó su muerte, que podría haberse pospuesto durante años si él se hubiera molestado en ayudarla, si el una vez poderoso Andreas Papadiamantis tuviese la menor compasión o la menor humanidad.

Pero había jurado vengarse y lo estaba haciendo. Había ganado cada una de las partidas y no pensaba perder aquélla.

—¿Y cuál es el mensaje?

Ella negó con la cabeza. Sí, sería una buena actriz, pensó.

—Es algo privado, Stavros. Algo muy personal entre Dimitri Kyriakis y su padre. No puedo decírtelo.

No podía contarle algo tan personal a quien creía un extraño, por supuesto. Aparte de la confidencialidad, ¿cómo iba a saber que él no iría por ahí contándoselo a todo el mundo?

—Si Dimitri es amigo mío y tú eres amiga de su padre y tú y yo somos amigos... entonces no pasa nada, ¿no? Será fácil encontrar una solución —sonrió, guardando los platos y los vasos en la nevera—. Te llevaré de vuelta a casa de Athena e iré a buscarte a las ocho. Cenaremos juntos y hablaremos un poco más sobre el asunto. ¿Te parece bien?

¿Quién estaba intentando seducir a quién para conseguir información? Dimitri tomó la nevera y sonrió, alargando una mano para ayudarla a levantarse.

Le había dado la vuelta a la situación y le gustaba.

Capítulo 6

BONNIE iba a dejar que la invitase a cenar, pero no era una cita... no lo que ella llamaría una cita. Más bien, una reunión de negocios.

Había algo que la hacía sentir incómoda, pero no podía dejar de preguntarse si Stavros le pediría dinero por revelar el paradero de Dimitri Kyriakis. Aunque la idea le resultaba tan desagradable que se le encogía el corazón.

Dejando el cepillo del pelo sobre la cómoda, Bonnie se miró al espejo e hizo una mueca de disgusto al verse las pecas en la nariz. El sol griego era inmisericorde.

¿Pero qué sabía sobre Stavros?, se preguntó entonces. Muy poco. Incluso podría estar engañándola, pero no tenía más remedio que cenar con él por si existía la posibilidad de que pudiese ayudarla.

Como no quería ser negativa, eligió una blusa sin mangas de color crema y se la puso sobre un sujetador de encaje. Y aun preguntándose por qué se molestaba en arreglarse tanto cuando iba a pasar la noche en una de las dos tabernas rústicas de la isla, la conjuntó con una falda de color caramelo por encima de la rodilla y unas sandalias de color bronce.

Después de ponerse un poco de su colonia favorita, Bonnie se sintió satisfecha. Aunque se preguntaba por qué sentía aquel cosquilleo en el estómago...

Porque esa noche encontraría respuestas, se dijo a sí misma mientras tomaba el bolso. Nada que ver con el hecho de que iba a pasar unas horas con el hombre más guapo que había visto en su vida.

Stavros había admitido conocer a Dimitri, incluso había sugerido que eran amigos. Y si eso era verdad, sería un paso adelante.

Incluso podría haberse puesto en contacto con su amigo para decirle lo del mensaje y preguntarle si quería verla.

Intentando animarse, Bonnie salió de la habitación y bajó la escalera un poco más alegre. Pronto lo descubriría. Y si Stavros había logrado convencerlo para que la viera, intentaría no juzgar a Dimitri Kyriakis, el hombre que tan fríamente había decidido arruinar a su padre enfermo.

Incluso ahora, frágil como estaba, Andreas estaría paseando de un lado a otro, esperando recibir noticias suyas.

Bonnie salió a la calle. El ferry estaba llegando al puerto en ese momento, con todas las luces encendidas... más tarde de lo normal debido a la marea, imaginó.

Si las cosas hubieran ido como debían, ella habría vuelto en ese ferry a Atenas para pasar sus últimos días en Grecia de visita turística antes de volver a casa para ayudar a su madre con las preparaciones del cumpleaños.

Perdida en sus pensamientos, se sobresaltó cuando un brillante Range Rover paró a su lado. Stavros abrió la puerta.

–Así que tengo el placer de acompañar a una mujer que no llega «elegantemente tarde» –sonrió–. Venga, sube.

Hablaba como si supiera cómo se movía la gente de la alta sociedad, pensó Bonnie mientras subía al coche. Y, sin embargo, era un trabajador que vivía en una isla diminuta, de modo que no podía ser.

Aunque con aquella camisa de un blanco inmaculado en contraste con su piel morena, el pelo oscuro apartado de la cara, los pómulos altos, la nariz recta sobre una boca que podía ser sensual y arrogante a la vez, le resultaba fácil creer que Stavros ocupaba un sitio en el círculo de los empresarios más ricos de Grecia, un objetivo primordial para cierto tipo de mujeres.

–Esperaba que vinieras en el jeep.

O, más bien, que aparcase el jeep en la puerta del hostal y fueran andando porque ninguna de las dos tabernas estaba a más de tres minutos de distancia.

Pero Stavros se limitó a arrancar sin decir nada.

Pasaron por el puerto, frente a las camionetas que esperaban los suministros de Atenas y los pasajeros que se dirigían a pie hacia la única carretera de la isla...

–¿Dónde vamos?

–Al sitio en el que te encontré.

Su mano, grande y morena, sobre el volante era tan masculina que el corazón de Bonnie dio un vuelco.

–¿A casa de tu jefe? ¿No le importará?

–No, al contrario. Se alegra de que pueda disfrutar de la compañía de una mujer tan guapa –sonrió Dimitri.

Estaba deseando cenar con ella. No le interesaba nada el mensaje de su padre, pero quería saber qué clase de mujer era Bonnie Wade.

Las mujeres de su vida habían sido tratadas generosamente y con respeto mientras lo pasaba bien con ellas, pero nada más. No quería saber qué sentían o qué pensaban. Era un cínico, decidió.

Que la mujer que estaba sentada a su lado fuera diferente sólo podía ser debido a su relación con Andreas.

Unos minutos después aminoró la marcha para salirse de la carretera, los faros iluminando un muro de piedra y una verja de hierro forjado que se abrió a su paso.

–A partir de ahora iremos a pie. Ya está todo preparado en el cenador.

El auténtico Stavros había seguido las instrucciones de Dimitri al pie de la letra y, aunque no parecía hacerle mucha gracia, había consentido en hacerse invisible esa noche.

La luna estaba en lo más alto y la linterna que había sacado del coche era innecesaria mientras tomaba a Bonnie de la mano para llevarla por un camino bordeado de flores.

Un camino que terminaba en un jardín iluminado por la luna.

—Es un sitio precioso —murmuró ella, atónita al ver unas columnas griegas sujetando un edificio octogonal que tenía un aspecto casi etéreo a la luz de la luna.

Unos escalones de mármol llevaban al cenador y Bonnie podía oír el suave murmullo del mar, aunque no podía verlo. En el interior, iluminado por velas, había dos bancos tapizados en azul y varios cojines de colores frente a una mesa con un mantel de hilo blanco. Y, sobre ella, lo que parecía ser una cena fría.

Mágico, pero...

—¿Estás seguro de que podemos cenar aquí?

Bonnie no sabía si usar el cenador era algo que hacía a menudo, pero se sentía incómoda. No quería pensar que Stavros quisiera impresionarla usando aquel cenador en ausencia de su jefe.

Y, sin embargo, era tan increíblemente guapo. Con la camisa blanca y el pantalón oscuro, que destacaba unas caderas estrechas y unas piernas larguísimas, no daba la impresión de ser un simple empleado.

Tenía un aire de autoridad, de arrogancia. Al principio había pensado que Stavros estaba destinado, como el resto de los hombres de la isla, a trabajar para los ricos que tenían casa allí hasta que llegase a la edad en la pudiera reunirse con los viejos que se sentaban en la puerta de la taberna, pero ahora le parecía imposible.

–Relájate –dijo él, poniendo una mano en la base de su espina dorsal–. Tengo el permiso del propietario.

El roce de su mano estaba despertando una reacción en cadena. Bonnie quería que dejase de tocarla, pero el deseo de que siguiera haciéndolo era aún más fuerte.

Nunca se había sentido tan indecisa. En su vida profesional siempre había sabido lo que quería y lo había perseguido con ahínco... aunque su vida personal hubiera sufrido por ello. Apenas salía con nadie porque se quedaba estudiando para llegar donde quería llegar y lo había conseguido.

Sólo había cometido un error... cuando aceptó la proposición de Troy. Y lo había hecho por la insistencia de Troy y las advertencias de su madre sobre las mujeres que permanecían atadas a su carrera y se hacían mayores sin la alegría de una vida familiar.

¡Y mira dónde la había llevado eso!

Dimitri apartó uno de los cojines y le indicó que se sentara, colocándolo después a su espalda.

–¿Estás cómoda?

–Sí –contestó ella, casi sin voz.

Pero eso tenía que terminar. Debía tranquilizarse.

–Relájate –repitió él, sentándose a su lado–. Yo creo que vamos a disfrutar el uno de la compañía del otro.

No, aquello era demasiado para ella. No estaba allí para disfrutar de su compañía sino para averiguar el paradero del hijo de Andreas. Pasando las manos por su falda, Bonnie juntó las piernas y dijo, con tanta firmeza como le fue posible:

–Has dicho que conocías a Dimitri Kyriakis.

–Sí, lo conozco muy bien. Yo diría que lo conozco íntimamente, pero antes vamos a tomar un poco de champán. Y luego, más tarde, prometo intentar olvidar que estoy en un sitio tan romántico con una mujer a la que deseo conocer mejor y hablar de lo que tú quieres hablar.

Y no le contaría nada. Cero. Su enemigo no llegaría hasta él gracias a Bonnie. Y, sin embargo, se sentía increíblemente atraído por ella. ¿Porque era un enigma? ¿Porque quería entender por qué una chica tan dulce y tan guapa como ella estaría con un viejo cruel y despiadado como su padre?

Dimitri le ofreció una copa de champán, pensativo. Resuelto el enigma, la atracción desaparecería.

¿O no?

Bonnie aceptó la copa, nerviosa. ¿Por qué no le decía que a menos que le hablase sobre el paradero de Dimitri Kyriakis se marcharía y continuaría la búsqueda por su cuenta?

Porque, por el momento, no había llegado a ningún sitio. Y eso no iba a cambiar, estaba segura.

¿Por qué no había aconsejado a Andreas que contratase a un detective privado para encontrar a su hijo y pasarle el mensaje?

Porque no se le había ocurrido, tan decidida estaba a ayudar a un anciano angustiado. *Ella* tenía que solucionarlo todo, pensó, enfadada consigo misma.

Las burbujas le hicieron cosquillas en la nariz y el repentino asalto del alcohol en un estómago vacío aclaró su cabeza... o al menos Bonnie se dijo tal cosa.

¿Por qué la ponía tan nerviosa?

Stavros estaba coqueteando con ella, seguramente porque no podía evitarlo. Era el tipo de juego inofensivo al que gente menos tímida que ella jugaba todo el tiempo, nada importante. Además, había prometido hablarle de Dimitri después.

Pero cuando Stavros iba a llenar su copa de nuevo, ella lo detuvo.

—No quiero más, gracias —murmuró.

—¿No?

Estaba tan cerca... Stavros era todo lo que soñaría cualquier mujer, la perfección masculina. Alto, moreno, guapo... y mucho más que eso. Era un hombre formidable.

Si quería coquetear con ella, o hacer algo más, ¿por qué no?

Bonnie recordaba las historias románticas que contaban sus compañeras de la Escuela de Enfermería cuando volvían de las vacaciones. Aparentemente, ocurría todo el tiempo.

Una diversión. No era nada más que eso.

¿Y qué había de malo en un par de besos?

Ella deseaba que la besara.

¿No merecía soltarse el pelo por una vez, después de que Troy la hubiese dejado plantada?

Deseaba que Stavros la tocase, sentir sus labios sobre los suyos. Su cuerpo parecía tener voluntad propia cuando estaba con aquel hombre.

–Dime, Bonnie... –empezó a decir él, jugando con su pelo–. Dime qué es lo que quieres.

Capítulo 7

BONNIE no tuvo que contestar. Su lenguaje corporal hablaba por ella.
Dimitri bajó la mirada, satisfecho. Su enemigo había elegido bien a su mensajera. Un hombre menos decidido habría sido como masilla entre sus manos... otro hombre hubiera hecho lo que fuera, incluso revelarle los secretos de su alma para poseer a aquella mujer.

Bonnie tenía un cuerpo tan sensual que hasta el aire parecía temblar a su alrededor. Era palpable, un imán para la atención masculina.

Y él no era inmune, al contrario. Pero masilla en manos de una mujer... en las manos de nadie, no, no lo era.

La tensión en su entrepierna auguraba lo que iba a pasar. Si ella se ofrecía, ¿por qué resistirse?

¿Cómo iba a hacerlo?

Dimitri levantó una mano y pasó la yema de los dedos por sus labios hasta que, temblando, ella los abrió, invitadora.

La tenía. Era suya.

La besó despacio al principio, con besos tentativos hasta que la oyó gemir. Y entonces la besó con toda la pasión que tenía guardada, su lengua empujando de manera explícita, acariciando sus pechos al mismo tiempo, sintiendo su peso, su calor.

Y cuando ella le echó los brazos al cuello, la cabeza hacia atrás, su fantástico cuerpo apretándose contra el suyo, Dimitri sintió un deseo que no había sentido nunca; un deseo que lo hacía perder el control.

Bonnie gemía mientras él besaba ardientemente su cuello. Todas las terminaciones nerviosas de su cuerpo parecían haber despertado a la vida. Era como si fuese otra persona, como si estuviera en otro universo. Se arqueaba hacia él con un deseo que no intentaba esconder siquiera porque sentía como si hubiera nacido para aquel momento.

No se dio cuenta de que Stavros le había desabrochado el sujetador hasta que sintió el aire fresco en sus pechos desnudos... y dejó escapar un suspiro de placer cuando él rozó uno de sus pezones con la lengua. Pero luego volvió a buscar sus labios, aplastándola contra los suaves almohadones del banco, sujetando sus manos por encima de su cabeza para besarla a placer.

El calor de aquellos besos era tan potente que se sentía perdida, temblando cuando bajó la mano para acariciar su estómago, su vientre, la suave piel por encima del elástico de la falda...

—Eres exquisita —el ronco terciopelo de su voz era embriagador—. Te deseo como nunca había deseado a una mujer.

Y era la verdad, pensó, sintiendo una fiera ola de placer. Su enemigo, que no le había dado un trozo de pan cuando más lo necesitaba, ahora le ponía en bandeja a aquella belleza espectacular.

—Tu piel es como la seda.

La luz de las velas y el reflejo de la luna aumentaban el misterio de aquel hombre. De lo que Bonnie sentía por él. No podía entenderlo y no quería hacerlo en aquel momento. Su cerebro parecía haberse ausentado y le daba igual porque sabía lo que iba a pasar y *quería* que pasara. La precaución, y su innato sentido de la moralidad, no iban a estropear aquel momento.

Unos cuantos besos y unos coqueteos eran el deseo juvenil de una chica inocente. Los besos de Stavros, sus caricias, habían despertado en ella a la mujer que era.

Una mujer a punto de conocer el placer de estar con un hombre.

Bajando las manos, empujó la oscura cabeza para buscar su boca, aceptando las hambrientas embestidas de su lengua.

Stavros bajó la cremallera de la falda y tiró de la prenda... y mientras metía la mano bajo el algodón de las braguitas murmuró algo que Bonnie no pudo entender, probablemente en griego, mientras la exploraba delicadamente. Y ella se movió, inquieta, bajo la íntima invasión, incapaz de contenerse, ofreciéndose a sí misma, toda ella.

Estaba medio dormida, saciada, las piernas enredadas con las de Dimitri, su pálido cabello rubio extendido sobre los almohadones. Su inocente belleza lo emocionaba y su corazón se llenó de remordimientos por lo que había pensado de ella antes de descubrir la verdad: que Bonnie Wade era virgen.

La sorpresa de tal descubrimiento había hecho que parase un momento, pero cuando Bonnie murmuró un angustiado: «no pares», levantando las caderas hacia él... en fin, había sido una invitación imposible de resistir.

Aquella chica preciosa no era la amante de nadie, no le vendía su cuerpo al mejor postor como él había creído. No buscaba una alianza en el dedo por viejo y aburrido que fuera el proveedor mientras fuese rico.

Se había equivocado, había cometido un error terrible y debía repararlo.

El roce de sus dedos hizo que Bonnie abriera los ojos, aquellos ojos grises tan soñadores, regalándole una sonrisa beatífica mientras giraba la cabeza para depositar un beso en la palma de su mano.

–Stavros...

–Calla, *pethi mou* –murmuró él, buscando sus labios.

Pero, al sentir su inmediata respuesta, Dimitri se apartó.

Sería demasiado fácil hacerle el amor durante toda la noche, pero la gratificación instantánea no era algo que estuviera en su lista de prioridades cuando tenía cosas más urgentes que atender.

Su objetivo en aquel momento era descubrir la naturaleza de su relación con Andreas, cómo vivía, qué quería de la vida y, sobre todo, por qué una mujer como ella seguía siendo virgen... para rendirse ante un extraño a quien creía un trabajador de la isla.

Un hombre que podría haber orquestado aquella cita, con la falsa promesa de darle información sobre el paradero de Dimitri Kyriakis porque creía que las turistas inglesas eran fáciles.

Sólo entonces podría seguir adelante.

Suspirando, buscó sus pantalones entre el montón de ropa que habían ido tirando al suelo. Nunca antes había sentido el deseo de saber más sobre una mujer. Había tenido muchas aventuras, todas relativamente cortas y faltas de emoción, las reglas precisas y claramente entendidas por ambos lados. Si se pasaba de la raya, la mujer en cuestión era historia.

No tenía interés en la vida o el pasado de las mujeres con las que se acostaba. Las buenas maneras exigían que les pidiera opinión para elegir restaurante, o el sitio al que ir de vacaciones, a los Alpes franceses o a un yate de lujo, pero nada más.

Tomando un chal de cachemir del otro banco, Stavros la ayudó a incorporarse antes de envolverla en él.

Bonnie se sentía como un paquete y tuvo que sonreír mientras se preguntaba cuándo sentiría Stavros el deseo de desenvolverla de nuevo. Tumbada allí, viéndolo vestirse, el epítome de la perfección masculina, maravillosamente proporcionado, musculoso pero lleno de gracia, se preguntó si estaría enamorándose.

Le había gustado mucho Troy, admiraba su ética profesional y creía que sería un buen marido y un buen padre. Pero se había negado a vivir con él antes de casarse porque, y ahora podía ser sincera consigo misma, la idea de acostarse con Troy nunca la había emocionado.

Con Stavros era completamente diferente. Aquella noche se había olvidado de todo. Siempre práctica, jamás había tomado una decisión sin calibrarla... pero era como si hubiera estado dormida durante mucho tiempo, esperando el toque mágico de un hombre especial que la despertase, que la hiciera sentir como una mujer.

Dejando escapar un suspiro de algo más que mera satisfacción, Bonnie apoyó la cabeza en su hombro.

–Hemos compartido algo muy especial y quiero saber más cosas sobre ti –murmuró él.

–Muy bien.

Aunque ella creía saber todo lo que tenía que

saber sobre Stavros, lo que era importante de verdad, que quisiera saber más sobre ella era muy halagador. Eso significaba que no la veía sólo como una aventura de una noche.

–Pero tenemos que comer algo. Mira, hay pollo y pescado al grill –dijo él entonces, indicando las bandejas–. Y tienes que probar el *baklavas*, un pastel de miel y nueces, te gustará.

–La verdad es que tengo hambre –sonrió ella.

–Dime una cosa... ¿de qué conoces al padre de Dimitri Kyriakis?

Esa pregunta la sorprendió. No porque Stavros sintiera curiosidad, que era lógico en esas circunstancias, sino porque había olvidado completamente por qué estaba allí con él. Y estaba allí con él porque Stavros, y aparentemente sólo él, podía indicarle cómo encontrar al hijo de Andreas.

–Trabajo para una agencia de enfermeras inglesas que me asignan los pacientes y mi último paciente ha sido Andreas Papadiamantis.

–¿Ah, sí?

–Mi trabajo consiste en vivir durante un tiempo con pacientes que están recuperándose de operaciones graves o enfermedades que requieren tratamientos paliativos.

Dimitri apartó la mirada.

–¿Está muy enfermo?

–Sí, ha estado muy enfermo.

–¿Y ahora?

–Si el cáncer sigue en remisión, todo debería ir

bien –contestó Bonnie, pensando que tal vez Stavros sabía que Dimitri y su padre no mantenían relación alguna.

Cáncer. Dimitri intentó racionalizar la repentina compasión que sentía por un hombre que no se lo merecía. Veinticuatro horas antes se habría enfurecido al pensar que la enfermedad podría robarle a su enemigo. Tal vez porque sin la interminable *vendetta* contra el hombre que tanto daño le había hecho, su vida habría estado vacía.

Pero ahora, gracias a Bonnie, lo único que podía sentir era compasión por un viejo que estaba enfermo y solo.

–¿Te llevas bien con él?

–Intento llevarme bien con todos mis pacientes –sonrió ella–. Algunos son antipáticos o se muestran arrogantes, pero Andreas ha sido un paciente modelo. Sigue la dieta que le he prescrito al pie de la letra, no discute nunca y hace todo lo que le pido. La verdad es que admiro su determinación de ponerse bien otra vez. Algunas personas de su edad abandonan porque creen que ya es demasiado tarde, pero Andreas está decidido a vivir. Y cuando descubrí por qué sentí mucha pena por él. Por eso acepté venir a la isla a buscar a su hijo y pasarle el mensaje.

–¿Y cuál es el mensaje? –preguntó Dimitri, sintiendo como si todo el aire hubiera desaparecido de sus pulmones.

Bonnie vaciló, pero sólo un momento. Amaba

a aquel hombre, estaba segura de que así era. Y donde había amor había confianza; una cosa no podía existir sin la otra. Además, Stavros conocía al esquivo Dimitri Kyriakis, era su amigo, alguien cuya intimidad seguía protegiendo.

–Hay cosas del pasado que Andreas lamenta muchísimo. Aparentemente, su primer hijo murió de una sobredosis de heroína antes de que pudiera salvar la brecha que había entre ellos y le duele en el alma. Por eso quiere retomar la relación con su segundo hijo, Dimitri. No sé mucho sobre el asunto, pero imagino que las cosas iban tan mal entre ellos que Dimitri se cambió el apellido. Imagino que usa el de su madre.

Bonnie estudiaba su expresión para ver si iba en la dirección correcta... ¿pero cómo iba a leer nada en un bloque de piedra? Stavros estaba absolutamente serio, concentrado en lo que decía.

–En eso consiste el mensaje. Andreas quiere ver a su hijo para pedirle perdón por lo que pasó y ver si pueden entenderse de algún modo. Así que ya ves, depende de tu amigo. ¿Me llevarás hasta él?

Bonnie no era la amante de su padre, era su enfermera. Y, como tenía un corazón generoso, había aceptado ir a la isla a buscarlo para hacerle un favor a su padre...

No podía haber estado más equivocado, pensó, atónito.

Pero Bonnie había terminado perdiendo su virginidad con el hombre al que debía encontrar para pasarle el mensaje... sin saber quién era. Y eso no lo hacía sentir muy bien consigo mismo.

El contenido del mensaje no lo sorprendía en absoluto. La propia Bonnie le había dicho que Andreas estaba empeñado en vivir, por pura determinación. Para no perder lo que había sido suyo, naturalmente. Apenas le quedaban posesiones y se agarraría a las que tenía por todos los medios posibles. Y, naturalmente, un entendimiento entre los dos sería favorable para él.

Pero no tenía que haber ninguna reunión y ninguna conversación llena de remordimientos falsos para eso.

La venganza había terminado.

Y su vida, una vida mejor, más plena y llena de amor, estaba a punto de empezar.

¿Con Bonnie?

Eso esperaba.

Y Dimitri haría que así fuera.

–Puedes considerar el mensaje entregado –le dijo, apartando el pelo de su frente.

Ahora no era el momento, pero al día siguiente le diría quién era. Que Bonnie se negase a perdonarlo era algo que no quería pensar siquiera porque le parecía demasiado horrible. Necesitaba tiempo para decirle lo que sentía por ella, para hacerla entender.

–Mañana todo estará solucionado, te lo prometo. Iré a buscarte a casa de Athena a las nueve, pero ahora vístete –sonrió, tirando de su mano–. Es tarde, voy a llevarte a casa. Y recuerda –dijo luego, tomando su cara entre las manos–. Entre nosotros hay algo muy especial y yo no estoy dispuesto a perderlo.

Bonnie apenas tuvo tiempo de ordenar sus pensamientos antes de que Stavros la dejase en casa de Athena.

La oscuridad los envolvía mientras salían del coche y Stavros tomó su mano para llevársela a los labios, retrasando el adiós. Le parecía que el día siguiente estaba demasiado lejos.

–Bonnie...

Le temblaba la voz mientras buscaba sus labios en un beso apasionado, pero la voz de Athena interrumpió el abrazo.

–Ah, veo que por fin has encontrado a Dimitri Kyriakis. Menos mal. Tus preguntas empezaban a darme dolor de cabeza. Sube, Bonnie, hay una persona que lleva horas esperándote arriba.

Y luego desapareció en el interior de la casa de nuevo, dejando tras ella un silencio ensordecedor.

Bonnie miró a Stavros... al hombre al que creía Stavros, y vio la verdad grabada en sus facciones.

Él era Dimitri Kyriakis.

No se había sentido tan idiota en toda su vida. Jamás se había sentido tan dolida, tan engañada. ¿Cómo podía haber confiado en él? ¿Cómo había podido creer que lo quería?

Por un momento, le pareció que no era capaz de respirar.

Y entonces, herida en lo más hondo, levantó la mano para golpearlo; el sonido de esa merecida bofetada repitiéndose en sus oídos mientras subía los escalones de la casa y cerraba de un portazo.

Capítulo 8

BONNIE se sentía sucia, utilizada, humillada. Pero debajo de todas esas sensaciones, como una corriente, había una furia que apenas podía contener.

Esa bofetada había aliviado la furia sólo en parte.

La había engañado.

¡Se había reído de ella!

Jamás la había corregido cuando lo llamaba Stavros.

Le había prometido localizar a Dimitri Kyriakis.

¡La había seducido!

Que ella hubiera sido una participante activa en esa seducción la ponía enferma.

No era más que un mentiroso, un hombre con dos caras. Una persona tan malvada que había dedicado su vida a arruinar a su padre por algo que ocurrió en el pasado.

Un rencoroso. La clase de hombre que cualquier mujer inteligente evitaría como la peste.

Necesitaba darse una ducha, pensó, sintiendo una ola de náuseas. Pero le temblaban las piernas mientras iba hacia la escalera.

–Parece que buscabas a Dimitri Kyriakis por una cuestión personal –sonrió Athena, saliendo de la cocina con un paño en la mano–. Y él parecía muy contento de verte... –entonces se dio cuenta de algo–. Pero a Dimitri Kyriakis no le gustará que tu prometido esté aquí. No es un hombre al que se deba enfadar, te lo advierto.

Ni al que se debiera abofetear seguramente, pensó ella.

–¿De qué estás hablando, Athena?

–El señor Frobisher llegó en el ferry esta tarde.

¡Troy! Lo que le faltaba.

–Es una suerte que tuviera habitación para él –siguió Athena– pero la verdad es que no me siento cómoda con esta situación. Dimitri Kyriakis es un hombre muy poderoso y ha hecho mucho por la isla. Gracias a su generosidad tenemos una clínica, un colegio nuevo y muchas cosas más. No le hará gracia saber que su rival se aloja en mi casa... y no se lo merece.

Lo que se merecía era quemarse en el infierno, pensó Bonnie, furiosa. Pero le daba igual, no pensaba pasar un segundo más del necesario en aquella isla. Había sido utilizada y humillada y si volvía a ver a Stavros... a Dimitri, seguramente lo mataría.

–Nos iremos en cuanto sea posible, no te preocupes. ¿Conoces a alguien que pueda llevarnos a Atenas? ¿O alguien que pueda llevarnos a una isla más grande donde esperar el ferry?

Athena sonrió, aparentemente contenta.

—El ferry no se ha ido todavía porque tenían que hacer unas reparaciones y no saldrá hasta las siete de la mañana. No te preocupes, yo te despertaré a tiempo.

Asintiendo con la cabeza, Bonnie subió la escalera. La viuda Stephanides estaba deseando librarse de ellos, aparentemente. Aquel hombre tan vil parecía tener asustada a toda la isla, pensó.

Cuando entró en la habitación, encontró a Troy tumbado en la cama. Pero *él* la había dejado plantada. ¿Por qué había ido a buscarla, por qué se creía con derecho a invadir su espacio?

Le daban ganas de estrangularlo. Ella, la persona más calmada del mundo, se estaba convirtiendo en una maníaca homicida por culpa de Dimitri Kyriakis.

—¿Se puede saber qué haces aquí?

—Ya era hora –dijo Troy, pálido, su pelo rubio despeinado mientras se incorporaba de un salto–. Llevo siglos esperándote.

—¿A qué has venido?

—Perdona que haya sido tan antipático –se disculpó él entonces–. Es que llevo horas esperando...

—¿Y se puede saber qué esperabas, Troy?

—He hablado con tus padres... la verdad es que no ha sido fácil, pero por fin estuvieron de acuerdo en que debería hablar contigo lo antes posible. Primero fui al sitio donde estabas trabajando y, aunque no te encontré, tu paciente me dijo que estabas aquí... y aquí estoy –sonrió Troy, sin explicar *por qué* estaba allí–. Pero me han dado una habitación que parece un armario y huele a humedad... y no sabía dónde estabas o cuándo volverías. Ven, siéntate, quiero hablar contigo.

Bonnie no aceptó la invitación. La idea de sentarse a su lado le producía escalofríos, de modo que tomó una silla que había detrás de la puerta.

–Ya no tenemos una relación, Troy. Tú la rompiste –le recordó–. Y lamento mucho que no te guste tu habitación, pero como nos vamos a primera hora de la mañana, eso ya no importa.

–Pero...

–Pero nada, nos vamos de aquí. Ahora mismo necesito darme una ducha y hacer la maleta, pero te doy diez minutos para que me expliques qué haces en esta isla –lo interrumpió ella.

Aunque estaba sorprendida. Durante toda su relación con Troy, nunca le había hablado con tal firmeza.

Rara vez discutían, tal vez sólo sobre lo de irse a vivir con él, pero ella se limitaba a decir que sí a todo lo que Troy proponía.

Iban a vivir en su apartamento hasta que ahorrasen lo suficiente para comprarse una casa y luego tendrían hijos, dos niños, preferiblemente una parejita.

Todo muy seguro y muy predecible. Troy ganaba dinero y sería un buen padre para sus hijos, pero no había pasión alguna en su relación.

Claro que, después de lo que le había pasado,

la pasión podía irse a la porra. Era un engaño, una mentira.

—Bueno, a ver, estoy esperando...

—¡No te pongas así! —Troy se aclaró la garganta, como si temiera decir lo que estaba pensando.

—¿No habías venido aquí para hablar conmigo?

—Te traté de una manera vergonzosa, lo reconozco. Pero... no todo fue culpa mía. No querías vivir conmigo, apenas dejabas que te tocase. Hasta aquí y no más allá... me estaba volviendo loco. Y luego estaba esa chica de la oficina, una secretaria temporal. Ella me buscaba y yo estaba tan frustrado que caí en la trampa. Estuvimos viéndonos durante un tiempo y... no sé... tú y yo apenas nos veíamos porque siempre tenías trabajo y cuando lo hacíamos apenas podía tocarte. No querías hacer el amor conmigo hasta que estuviéramos casados...

—¿Por eso me dejaste plantada?

En realidad, no podía culparlo del todo. Troy tenía razón, también ella tenía parte de culpa. Que te gustase un hombre, que admirases su labor profesional, no era suficiente. Jamás debería haber aceptado casarse con Troy.

Debería haberse hecho más preguntas antes de decir que sí. Cada vez que la acariciaba o la besaba se quedaba fría. Incluso había empezado a pensar que era frígida, pero había esperado que todo cambiase cuando se casaran. Debería haberse preguntado entonces por qué, si Troy tenía necesidades, ella era incapaz de satisfacerlas.

–Lo que hice no tiene perdón –admitió él entonces–. Después de unos meses me di cuenta de que aunque Sandra era estupenda en la cama sería una esposa horrible. Es una persona insensata que no piensa nunca en el futuro... mira, Bon –dijo Troy, juntando las manos en un gesto de súplica–, hazme un favor: deja que te compense por todo lo que pasó. Es a ti a quien quiero. ¿Podemos empezar otra vez?

Parecía un cachorro suplicando la cena y Bonnie no tenía corazón para decirle que, aunque podía entender por qué había hecho lo que hizo, ella no tenía la menor intención de retomar su compromiso con él.

Troy había sido sincero, que era más de lo que se podía decir de otros, y que hubiera sucumbido ante la tal Sandra era lógico también dado que ella siempre le paraba los pies... o las manos.

–Me lo pensaré –le prometió, dejando escapar un suspiro. En aquel momento estaba demasiado agotada como para seguir hablando–. Pero tenemos que irnos a dormir porque el ferry sale muy temprano –Bonnie se levantó de la silla–. Así que buenas noches, Troy.

Bonnie estaba inquieta, nerviosa. Aquélla debería haber sido su última semana en Grecia y, en lugar de eso, estaba en Inglaterra, en casa de sus padres. Y era un típico verano inglés, de modo que estaba lloviendo.

Era demasiado temprano para hacer la cena y demasiado pronto para ayudar a su madre con las preparaciones del cumpleaños... y no tenía que ponerse en contacto con la agencia para que le asignaran otro paciente hasta diez días después. Y, como remate, la lluvia, más una llovizna que otra cosa, impedía que cumpliera la promesa que le había hecho a su padre de atender el jardín.

Y su madre estaba en una reunión de la comunidad, de modo que no había nadie con quien hablar. Pero tenía que hacer algo porque si seguía pensando le iba a explotar la cabeza.

Estaba furiosa consigo misma.

Aquella mañana, dos días antes, mientras esperaban el ferry, Troy no dejaba de protestar:

—Me habían dicho que tenías una semana de vacaciones. No sé por qué tenemos que irnos, podríamos habernos quedado aquí tomando el sol, charlando, arreglando las cosas entre nosotros... después de todo, para eso he venido.

Y no había parado de protestar hasta que llegó el ferry y se pusieron en la cola para subir. Entonces, no sabía por qué, Bonnie había mirado hacia atrás. El sol empezaba a salir y parecía rodear de un halo al perfecto espécimen masculino que se acercaba a ellos. Incluso podía ver su sombra de barba...

No parecía haber pegado ojo en toda la noche.

Pero lo único que quería en aquel momento era vengarse, mostrarle a aquel bruto que no le había hecho daño, que no había sido más que un entretenimiento de una noche.

Prácticamente tirándose encima de Troy, le dijo al oído:

—Cállate y dame un beso.

Probablemente le había dado la sorpresa de su vida cuando le echó los brazos al cuello y estuvo a punto de comérselo.

Pero había funcionado porque, cuando por fin se apartó de un perplejo Troy y miró alrededor, no había ni rastro de Dimitri Kyriakis.

Pero no debería haber hecho eso. No era justo para Troy, no debería haberlo utilizado así.

Debería haber dejado que el canalla se acercase, presentarle a su ex prometido y mostrarse digna y sensata.

Había tardado todo el viaje de vuelta a Inglaterra, el viaje en ferry y luego en avión, para convencer a Troy de que no había futuro para ellos dos.

—¿Y ese beso? —insistía él—. Delante de todo el mundo, demás.

—Se me subió la sangre a la cabeza, no sé. Lo siento, de verdad. Sólo quería saber si sentía algo por ti.

«Mentirosa».

—¿Y sentiste algo?

—No, lo siento —suspiró Bonnie—. Mira, la realidad es que no... no me excitas y eso es algo que los dos deberíamos haber aceptado hace mucho tiempo. Me gustas mucho, pero tú mereces algo mejor que eso. Algún día serás un marido estupendo para alguien, pero me temo que no voy a ser yo.

–Pero Bonnie...

–Yo no te haría feliz, Troy.

Y la conversación se había repetido hasta la eternidad. El problema con Troy era que cuando clavaba el diente en algo era como un perro, no lo soltaba.

Cuando llegó a casa por la noche, sus padres estaban discutiendo sobre si debían venderla y comprar algo más pequeño ahora que los hijos se habían ido. Pero su madre decía que los hijos siempre volvían.

–Mira Bonnie... esta aquí. Jake y Will vienen muchos fines de semana y Lisa viene cuando puede. Y todos estarán aquí para tu cumpleaños o en Navidad. Si viviéramos en una casa más pequeña, ¿dónde dormirían?

Bonnie sabía que su padre nunca vendería la casa, le gustaba demasiado el jardín y se pasaba el día hablando de lo que haría allí cuando se hubiese retirado.

Aunque su matrimonio era sólido como una roca, a sus padres les gustaba discutir y Bonnie imaginaba que eso le daba un poco de chispa a una relación que debía ser ya tan cómoda como unas zapatillas viejas.

Había sido afortunada de crecer en una familia

así, pensó. Al contrario que los hijos de Andreas Papadiamantis. El anciano griego había sido en lo primero que pensó esa mañana, en la isla, pero esperó hasta llegar a Inglaterra para llamarlo por teléfono para decirle que le había transmitido el mensaje a su hijo. Naturalmente, no le contó lo que había pasado.

–¿Cómo se lo ha tomado? ¿Va a venir a verme? ¿Te ha dicho algo?

La ansiedad que sentía era evidente.

–Yo creo que va a pensárselo.

¿Qué otra cosa podía decirle, que no había podido preguntárselo? ¿Que había estado a punto de partirle la cara de una bofetada? ¿Que, en su opinión, un hombre que había hecho de la venganza su vida seguramente no haría ni caso del mensaje?

Afortunadamente, Andreas no insistió sobre el asunto.

–¿Piensas volver a ver a mi hijo?

–Estoy en Inglaterra, así que lo dudo.

–Ah, ya –al notar la decepción en esos monosílabos, Bonnie se sintió aún peor–. Esperaba que cuando viniera a verme lo hiciera contigo. Si alguien puede poner paz en aguas revueltas, ésa eres tú.

–No creo que yo pudiera hacer nada.

Aunque estaba segura de que Kyriakis no iría a ver a su padre tenía que ofrecer algo de esperanza porque sin esperanza, ¿a qué podría agarrarse Andreas?

–Ábrele tu corazón, dile las cosas que me dijiste a mí y todo saldrá bien.

Después de prometer que cumpliría con la dieta y haría los ejercicios que ella le había mandado, Bonnie colgó, prometiendo seguir en contacto con él.

El mentiroso de su hijo, que la había engañado haciéndola creer por un momento que era el hombre de su vida, el hombre al que podría amar en cuerpo y alma, seguramente no le prestaría más atención al mensaje de su padre que a una hoja caída en el suelo.

Pero Andreas deseaba tan desesperadamente ponerse en contacto con su hijo, pedirle perdón por los errores del pasado...

Si Dimitri Kyriakis hubiera sido otro tipo de hombre, un hombre sincero y capaz de perdonar, tal vez habría alguna esperanza para ellos.

Pero aquel rencoroso, aquel demonio egoísta, seguiría odiando a su padre hasta el fin de sus días.

Intentando hacer algo para dejar de darle vueltas a la cabeza, Bonnie apoyó la nariz en la ventana y descubrió que, por fin, había dejado de llover.

El suelo estaba empapado, pero su padre llevaba días quejándose de que la madreselva se había convertido en una auténtica selva, abofeteando a la gente cada vez que intentaba entrar en casa, y había que recortarla, de modo que decidió hacerlo.

Se estaba muy tranquilo allí, pensó, con el aire fresco y el olor a tierra mojada. La rutinaria tarea de cortar la madreselva y tirar los restos en una carretilla para llevarla al barril de compost era casi terapéutica.

Su padre solía decir que al menos el cincuenta por ciento de sus pacientes se curarían trabajando una hora en el jardín cada día en lugar de tomar un montón de pastillas y ella estaba segura de que era verdad.

Bonnie tiró de una rama particularmente molesta y recibió una ducha de gotas de lluvia en la cara, pero la cortó, sonriendo con satisfacción... hasta que oyó el ruido de un coche que se acercaba por el camino.

Una visita. Y ella con unos vaqueros viejos, una camisa sucia y el pelo hecho un asco. Secándose la cara con la manga del jersey, se quedó sorprendida al ver un lujoso coche negro deteniéndose frente a la casa. Por allí nadie tenía un coche así.

Las ventanillas estaban tintadas, de modo que no podía ver al conductor hasta que... Dimitri Kyriakis salió del coche, su devastador e injustamente espectacular físico oculto por un traje oscuro, la camisa blanca destacando lo bronceado de su piel, su pelo oscuro inmaculado.

Impresionante, pensó, atónita. El famoso empresario, nada que ver con el hombre al que había creído Stavros, el trabajador de la isla, el de ojos sensuales, el seductor irresistible.

El suelo pareció abrirse bajo sus pies mientras él se acercaba, con esos ojos oscuros clavados en ella. Se le había puesto la piel de gallina, pero levantó la barbilla, orgullosa. No iba a dejar que supiera cómo la afectaba. Y si había llegado el momento de pagar por esa bofetada, estaba dispuesta a hacerlo. Con toda seguridad, nadie habría tenido la temeridad de abofetearlo antes.

En los círculos en los que aquel hombre se movía, sus esclavos, y eso incluía a las mujeres, se pondrían de rodillas para lamer sus zapatos si él lo ordenaba, pero ella no era esclava de nadie. Y Dimitri Kyriakis no se merecía un ápice de respeto.

–¿Qué quieres? –le espetó, mirándolo a los ojos.

No había forma de negar la belleza masculina de aquel hombre, pero la belleza era algo pasajero y, en su interior, era puro veneno.

–Hemos dejado algo sin terminar.

Su voz tenía la misma nota acariciadora que recordaba y que, de nuevo, provocó un escalofrío. Pero no quería recordar lo atraída que se había sentido por él, lo bien que la había engañado...

Dimitri alargó una mano para quitarle una ramita del pelo.

–Manchada de barro sigues siendo igual de guapa.

Bonnie apretó los dientes. No dejaría que volviera a seducirla, se prometió a sí misma. ¡No lo haría! Y tampoco se dejaría llevar por la tentación de hacer alguna estupidez como volver a abofetearlo.

—No tenemos nada que decirnos.

No dio un paso atrás, aunque el aroma de su colonia empezaba a hacer que le temblasen las piernas.

—Te equivocas, sí tenemos algo que decirnos y me vas a escuchar. ¿Podemos entrar y charlar en un sitio más cómodo?

Bonnie se volvió hacia la casa, derrotada. Pero era sólo una retirada táctica, intentó consolarse a sí misma mientras lo llevaba a la cocina. No pensaba llevarlo al salón, un sitio amueblado con las antigüedades que su madre había ido adquiriendo con el paso de los años.

No, mejor en la cocina. Debía tratarlo como a un mercader, demostrarle que no la impresionaba.

Con los hombros rígidos, señaló una de las sillas que había alrededor de la mesa de roble y se sentó en la más imponente silla Windsor a la cabeza.

—¿Qué tienes que decirme?

No podía haber viajado hasta Londres sólo porque le gustasen sus ojos. Además, siendo positiva como era por naturaleza, podía aprovechar aquella inesperada oportunidad para intentar convencerlo de que al menos escuchase a su padre.

Pero no estaba preparada para lo que dijo:

—Hay dos cosas sobre las que debo insistir —con las piernas estiradas frente a él parecía tan cómodo en la cocina como si estuviera en su propia casa—. Primero, necesito que me acompañes a Grecia para responder al mensaje que tan ansiosamente tú querías darme. Pienso visitar a Andreas Papadiamantis mañana. Mi agenda es muy apretada, pero tienes una hora para hacer la maleta y decirle a quien tengas que decírselo que estarás fuera del país durante un tiempo.

Y antes de que Bonnie pudiera decir algo tan sofisticado como: ¡vete a freír espárragos!, Dimitri soltó otra bomba:

–Y te quedarás donde yo pueda verte... hasta que sepa con seguridad si estás embarazada o no. Esa noche cometí el error de pensar que tenías experiencia y estarías preparada.

Bonnie sintió que le ardían las mejillas cuando la obligó a recordar, a regañadientes, la noche de pasión que habían compartido.

No quería recordarlo. Nunca. Pero él lo hacía imposible.

–Si estás embarazada, no permitiré que termines con la vida de mi hijo. Y si lo estás me casaré contigo –sus ojos negros la tenían atrapada–. Y te lo advierto, Bonnie, nada de esto es negociable.

Capítulo 9

—¿NECESITAS que te dé la mano mientras hablas con «papá»?

Discutidora podía ser, pero Bonnie estaba harta de ser parte de aquella farsa, cómplice de la pretensión de Dimitri de que todo estaba bien y allí no pasaba nada raro.

Su madre había aparecido de repente, después de que Dimitri lanzase la bomba, y Bonnie no había sido capaz de pensar con claridad. Por supuesto, él se había fingido el perfecto caballero, utilizando su devastadora sonrisa para convencer a su madre. Se presentó como un amigo que, además, era hijo del paciente al que Bonnie había estado cuidando en Grecia.

—Y ahora mi padre quiere verla... quiere vernos a los dos, de hecho. Siento tener que llevarme a Bonnie tan pronto, pero espero que lo entienda y perdone que haya aparecido aquí sin avisar. Mi padre es un hombre muy enfermo.

Encantada con aquel demonio mentiroso, a su madre sólo le había faltado darle permiso para hacer con su hija lo que quisiera, prácticamente empujándola hacia su habitación para que hiciese la maleta mientras le ofrecía a Dimitri un café y un pedazo de su pastel de nueces.

Lo único que había impedido que Bonnie se quedara donde estaba, diciendo que no pensaba ir a ningún sitio con él, fue recordar su conversación con Andreas y la tristeza del anciano cuando le dijo que estaba de vuelta en Inglaterra y, por lo tanto, no podría ayudarlo a hacer las paces con su hijo.

Desde que tácitamente aceptó volver a Grecia con Dimitri, él la había tratado como si fuera una princesa, continuamente pendiente de ella, llevándola en el lujoso coche al aeropuerto, donde los esperaba su jet privado. Y luego, una vez sentada en el fabuloso asiento de piel, el personal del avión la había llenado de atenciones.

Era ridículo. De ahí su irónico comentario, para que supiera que lo despreciaba y sólo había ido con él por el afecto que sentía por su padre, cuya alegría al saber que Dimitri iba a verlo había sido enternecedora.

—Que me dieras la mano estaría bien —dijo él, levantando la mirada de los papeles que estaba leyendo—. Lo recuerdo, igual que otras intimidades mucho más satisfactorias.

Bonnie decidió no replicar. Pero se puso furiosa al ver que bajaba la mirada hasta el escote en uve de su jersey y luego volvía a deslizarla hacia arriba, para quedarse en sus labios.

Dolida por la desvergüenza de aquel hombre, apretó los puños.

–Escúchame y escúchame bien: sólo estoy aquí para comprobar que no le das un disgusto a Andreas. Y como tú tienes la poca vergüenza de sacar el tema del terrible error que cometí la otra noche, cuando pensé que eras una persona normal, un hombre al que podría... –Bonnie no terminó la frase. Se negaba a usar la palabra «amor» delante de él–. Si mi error tuviera alguna consecuencia, yo me encargaría de lidiar con ella. Y no me casaría contigo aunque me pusieras una pistola en la sien.

Y entonces, de manera imperdonable, Dimitri echó la cabeza hacia atrás y soltó una sonora carcajada.

Al ver que se acercaba una de las azafatas, poniéndole ojitos a Dimitri, por cierto, Bonnie giró la cabeza y se dedicó a mirar por la ventanilla para no hacer ninguna tontería, como ponerse a llorar, por ejemplo. Porque, por un momento, Dimitri había dejado a un lado esa imagen de magnate impresionante y había vuelto a ser el hombre del que se había enamorado en la isla.

Se había enamorado de una ilusión, claro. Lo sabía, pero eso no hacía que tener que enfrentarse con la realidad fuera menos doloroso.

–Come algo.

–¿Qué?

–Digo que comas algo –insistió él, señalando la

bandeja que había aparecido ante ella como por arte de magia.

–No tengo hambre.

La comida parecía la de un restaurante de cinco tenedores, pero se atragantaría si intentase comer algo en ese momento. Y, al verlo mojar un langostino en salsa rosa, su estómago dio un vuelco. O tal vez era por estar a su lado, recordando y reviviendo aquella noche en la que no quería pensar.

Bonnie cerró los ojos, enfadada. No quería acordarse de eso. Había cometido un error, pero ésa no era razón para ponerse tan emotiva.

«Levántate y sigue adelante», se dijo.

Y si hubiera consecuencias, algo que no se le había ocurrido pensar hasta que él lo mencionó, se enfrentaría con ellas a su manera. Ni esperaría ni aceptaría ayuda de Dimitri Kyriakis. En cuanto la reunión con Andreas hubiese terminado desaparecería de su vida para siempre.

Y en cuanto a que él hubiera sacado la conclusión de que podría terminar con el embarazo... bueno, no merecía la pena ni pensar en ello. A partir de aquel momento lo trataría como si fuera un extraño, con frialdad y educación.

Pero le pediría que le explicase algo a lo que no dejaba de dar vueltas:

–Me sorprende que hayas decidido ver a tu padre, aunque me alegro mucho.

–Ya lo sé.

—Pero no entiendo por qué tengo que ir yo contigo.

Contenta por ese tono amablemente frío, Bonnie capturó una rodaja de tomate con el tenedor y luego volvió a dejarla en el plato.

—Al principio pensé que eras la amante de Andreas, que él te había pedido que fueras a buscarme y usaras tus innegables encantos para persuadirme de que te contase cuáles eran mis planes con respecto a él. Pero, por razones que tú misma entenderás, me vi obligado a hacer una rápida revisión del asunto.

—No te entiendo.

—Eras virgen, Bonnie. No eras una mujer promiscua como yo había creído.

¡Aquello era incluso peor de lo que había imaginado!

Durante el tiempo que le había estado prometiendo hacer lo que pudiera para localizar al hijo de Andreas, además de mentirle Dimitri la creía una oportunista... o algo mucho peor. Bonnie estaba tan furiosa que se quedó sin palabras.

—Necesitaba saber cuál era tu relación con mi padre...

—¡Era su enfermera!

—Y necesitaba saber para qué quería ponerse en contacto conmigo después de tantos años —siguió Dimitri, como si no la hubiera oído—. Llámame cínico, pero me resulta difícil creer que haya cambiado de repente.

Bonnie suspiró. Le daba tanta pena el pobre hombre. Andreas había admitido haber fracasado como padre, y como marido, pero no iba a conseguir el perdón de su hijo, que seguía aferrado al rencor de tantos años. Tan cínico, tan duro era que no se permitía perdonar a un padre enfermo.

La azafata se acercó para preguntar si habían terminado y ella asintió con la cabeza.

–Si ésa es tu actitud, no sé por qué vas a verlo. Y no tiene ningún sentido que me lleves a mí, además. Yo tengo una vida propia... cosas que hacer.

Dimitri disimuló una sonrisa. Podía entender su furia perfectamente. Se había portado muy mal con ella y no le había dado una explicación, pero aún no había llegado el momento. Y no llegaría hasta que la entrevista con su padre hubiera tenido lugar.

–¿Por ejemplo, reunirte con tu prometido?

Bonnie vio un rayo de luz en ese momento. Si Dimitri creía a Troy su prometido, si creía que iba a casarse con él, ésa sería la manera de evitar la amenaza de no separarse de su lado hasta que supiera si estaba embarazada.

El orgullo de Dimitri Kyriakis era enorme y no podría soportar la idea de ser el segundo plato de nadie.

–Por ejemplo –dijo Bonnie por fin–. Ya nos viste besándonos en el muelle. Sé que nos viste.

–Y yo sé que tú sabes que os vi –sonrió Dimitri–. Pero también sé que ese beso no significó nada en absoluto.

—¿Cómo?

—Claro que entonces me di cuenta de que estabas lo bastante loca como para pensar que así sería. Pero, en realidad, la bofetada que me diste al descubrir quién era me dijo todo lo que tenía que saber.

¿Loca? ¿*Ella* estaba loca?

—No sé de qué estás hablando y me da igual —replicó Bonnie, intentando calmarse porque si traicionaba sus emociones sería peor.

—¿No? —Dimitri levantó una ceja, sonriendo de nuevo.

Y su sonrisa la desarmó. No podía creer que alguien tan guapo pudiera ser tan malo... ¿o sí? Sus siguientes palabras aclararon esa duda:

—Cuando te dejó en Heathrow no hubo despedidas apasionadas. De hecho, me han dicho que parecía como si le hubiera tocado la lotería y hubiese perdido el décimo.

Ella lo miró, perpleja. ¿Había hecho que la vigilaran? Aquello era el colmo.

—¡Me has seguido!

—Stavros es bueno —siguió él—. Si no lo fuera, no sería mi empleado —Dimitri se encogió de hombros, como si tal comportamiento fuese habitual en él, y luego sacó unos papeles de su maletín y empezó a leer, haciendo anotaciones al margen.

Bonnie cerró los ojos. Nada de lo que pudiera decir serviría de mucho con aquel demonio, de modo que lo mejor sería no abrir la boca.

Cuando llegaron a Heathrow, los dos cansados y enfadados, por fin había logrado convencer a Troy de que no había futuro para ellos. Y sí, el ambiente mientras se decían adiós en la puerta de la terminal había sido helado... aunque eso era decir poco.

¡Pero nunca hubiera imaginado que Dimitri Kyriakis se enteraría!

Bonnie se apartó la melena de la cara y la sujetó con un millón de horquillas.

Con un vestido anticuado de color azul que había sacado del fondo del armario de su casa, tenía un aspecto incluso más aburrido que con el uniforme.

Habían pasado la noche en el apartamento de Dimitri en Atenas. Sin molestarse en admirar la decoración minimalista, aunque no pudo dejar de notar la madera clara, el cuero y el cristal, le había pedido que le indicara cuál era su habitación y, después de darle las buenas noches con total frialdad, había cerrado la puerta.

Y apenas pudo pegar ojo.

Ahora podía oírlo moviéndose en algún sitio de la casa... y olía a café, pero tuvo que hacer un esfuerzo para salir de su habitación y enfrentarse con Dimitri, recordándose a sí misma que una vez que hubiese hablado con Andreas exigiría que la pusiera en un avión con destino a Inglaterra y se dejase de bobadas.

Suspirando, Bonnie tomó su bolsa de viaje y salió de la habitación.

Lo encontró en la cocina, una sala con encimeras de acero inoxidable, paredes blancas y una mesa con superficie de mármol negro sobre la que había un servicio de café.

Dimitri no debía pasar mucho tiempo en esa cocina porque todo estaba nuevo, reluciente, como si allí no cocinase nadie. Ninguna familia se había reunido alrededor de la mesa para comer y contar las cosas que habían pasado aquel día, para reírse juntos.

Recordando cómo su familia, los seis, solían reunirse alrededor de la mesa de la cocina para cenar, de repente sintió pena por Dimitri. Aunque enseguida se recordó a sí misma que no merecía la compasión de nadie y menos la suya.

Intentaba no mirarlo, pero tenía un aspecto fabuloso mientras sacaba del horno una bandeja de cruasanes. Con un traje gris hecho a medida que destacaba la anchura de sus hombros, una camisa más oscura y una corbata de seda, podría aparecer en la portada de una revista. Sí, era un hombre muy elegante, pensó, con un nudo en la garganta.

Y debería llevar un cartel de *Peligro*.

−¿Has dormido bien? −Dimitri parecía estar haciendo inventario de su aspecto, desde el pelo recogido sin miramientos al anticuado vestido.

Por un momento le pareció verlo sonreír, pero

no podía estar segura. Y el rictus de su boca era ahora tan severo que decidió que había sido un espejismo.

—Muy bien, gracias —contestó, observando, fascinada, cómo servía el café.

Ojalá no lo encontrase tan atractivo. Era un monstruo, una persona tan cruel como para intentar arruinar a su padre enfermo. Tenía que recordar eso, era su única defensa contra un cuerpo desobediente que parecía despertar a la vida de manera automática cuando Dimitri Kyriakis estaba a su lado.

Sujetando la taza con las dos manos para evitar que le temblasen, Bonnie tomó un trago de café. Pero luego se dio cuenta de que, como ella, tampoco Dimitri estaba comiendo nada y se preguntó si la reunión con su padre lo haría sentir inquieto, arrepentido tal vez por haberlo tratado como a un rival durante tantos años.

En Grecia, los lazos familiares eran muy fuertes y quizá ni siquiera él sería capaz de escapar a la llamada de la sangre. Pero cuando le dijo: «si estás lista, nos vamos» con ese tono autocrático, Bonnie cambio de opinión. Dimitri Kyriakis no tenía una gota de sensibilidad en todo su cuerpo.

Y se abría paso a través del frenético tráfico de Atenas como lo hacía todo: como si la ciudad fuera suya. Pero, maravillándose de no tener los nudillos blancos de tanto apretar el asiento, Bonnie debía admitir que se sentía segura. Y sólo cuando dejaron atrás la ciudad y se adentraron por las colinas se movió en el asiento.

Ninguno de los dos había dicho una palabra desde que salieron del apartamento. Él ni siquiera había comentado nada sobre la bolsa de viaje que llevaba a sus pies. ¿Pero qué iba a decir?

Bonnie no podía dejar de pensar en la abominable manera en que la había tratado y en su imperdonable comportamiento hacia su padre. Pero como no pensaba volver a sacar el tema, lo mejor sería permanecer en silencio.

Una rápida mirada a su clásico perfil le dijo que también él estaba perdido en sus pensamientos. Y que no eran nada agradables.

Cuando llegaron a la imponente mansión donde había pasado varias semanas cuidando de Andreas Papadiamantis, la verja de hierro se abrió automáticamente. Alguien de seguridad debía haber sido alertado de su llegada, pensó. Y, como no podía evitarlo, giró la cabeza para mirar a Dimitri.

–Por favor, intenta llegar a algún tipo de acuerdo con tu padre. No le des otro disgusto.

–¿Tanto te importa?

–Pues claro que me importa.

–¿Te cae bien Andreas? –preguntó Dimitri, pisando ligeramente el freno, como si quisiera retrasar la inevitable reunión todo lo posible.

–Por supuesto que me cae bien, es un hombre

muy valiente. El cáncer está en remisión, pero él sabía que podía volver y, sin embargo, estaba decidido a luchar. Me dijo que intentaba ganar tiempo para ponerse en contacto contigo y enmendar los errores del pasado –contestó Bonnie–. Sí, la verdad es que le he tomado cariño.

Su admisión fue recibida en completo silencio y cuando el coche se detuvo frente a los escalones de la entrada, Bonnie agradeció la presencia de Maria, el ama de llaves de Andreas.

La mujer la abrazó calurosamente, contenta de verla.

–Cuánto me alegro de que estés aquí –le dijo, antes de volverse hacia Dimitri para mirarlo con total frialdad–. El señor Papadiamantis está en su estudio. ¿Quieren tomar un café?

–Gracias, pero no queremos café. Si no le importa llevarme al estudio.

Maria asintió con la cabeza y Bonnie se dispuso a seguirlos... hasta que él se volvió, mirándola con ojos helados.

–Quédate aquí, ya verás a tu antiguo paciente más tarde. Por el momento, éste es un asunto privado.

Desconsolada, Bonnie no tuvo más remedio que quedarse mientras Dimitri seguía al ama de llaves. Por un momento, estuvo a punto de desafiarlo, de entrar en el estudio tras él.

Pero sólo fue un momento. Porque Dimitri Kyriakis era capaz de sacarla a empellones de allí y eso sólo serviría para aumentar la tensión entre padre e hijo.

Vagando por la mansión sin saber qué hacer, salió a la piscina y se sentó bajo una sombrilla. Andreas quería que ella estuviera en la reunión, pero Dimitri se había asegurado de que no fuera así, de modo que lo único que podía hacer era sentarse y esperar que, al final, llegasen a algún tipo de acuerdo.

Y era una pérdida de tiempo por su parte desear no haber conocido a ninguno de los dos hombres porque entre padre e hijo habían logrado crear un caos total en su vida y eso era algo que no iba a cambiar.

No podía darle la vuelta al reloj por mucho que lo deseara.

Tras lo que le parecieron horas, Bonnie oyó pasos en el salón y se puso tensa. Pero la tensión se relajó al oír la voz de Andreas:

–Sabía que te encontraríamos aquí. Siempre era tu sitio favorito cuando no estabas trabajando.

Parecía alegre y ésa era una buena señal. Sin embargo, aunque estaba sonriendo tenía los ojos enrojecidos. Bonnie miró a Dimitri con expresión acusadora... algo que no sirvió de nada porque de nuevo experimentó esa traidora sensación, ese anhelo que la consumía. Se odiaba a sí misma por ello más de lo que lo odiaba a él por haber reducido a lágrimas a aquel hombre tan frágil.

Le había hecho daño, la había hecho sentir como una tonta y, sin embargo, seguía haciendo que su corazón diese un vuelco cada vez que lo miraba, que se le pusiera la piel de gallina cuando recordaba aquella noche...

Intentando dejar a un lado esos recuerdos, Bonnie dedicó toda su atención a Andreas que llevaba, como siempre, un traje de lino blanco. Tenía un aspecto muy relajado, de modo que lo que hubiera ocurrido entre su hijo y él no podía haber sido tan malo.

Seguramente no lo sabría nunca, pensó, cuando el anciano puso las manos sobre sus hombros para besarla en ambas mejillas.

–Gracias –le dijo en voz baja–. Tomaremos juntos un vaso de vino y luego Maria servirá la comida.

Bonnie sonrió. Misión cumplida. Padre e hijo bajo el mismo techo, compartiendo una comida. Aquél era un paso de gigante.

Pero su optimismo se desvaneció un segundo después.

–Lo siento, pero me temo que debemos irnos –anunció Dimitri–. Bonnie y yo tenemos cosas importantes que hacer.

–¿Qué tenemos que hacer? –le preguntó ella mientras se ponía el cinturón de seguridad unos minutos después.

Mirándola con una expresión indescifrable, Dimitri contestó:

–Según dice mi padre, te ha pedido que te casaras con él. ¿Es eso cierto?

Capítulo 10

PASANDO por alto la pregunta como algo totalmente irrelevante, que además no era asunto suyo, Bonnie se concentró en el tema que le interesaba, usando el tono seco que usaba con sus pacientes más recalcitrantes:

–¿No podíamos habernos quedado a comer? O, si no podías soportarlo, al menos podrías haber esperado media hora para tomar un vaso de vino con tu padre. Andreas parecía tan decepcionado...

–¿Porque me he llevado a su futura esposa?

Enfadada porque no había manera de hacerlo entrar en razón y porque llevaba cualquier crítica a su terreno, Bonnie le espetó:

–¡No digas tonterías!

–Muy bien.

No le pasó desapercibido que estaba intentando disimular una sonrisa, pero no dijo nada.

–De todas maneras, ¿qué tal ha ido? ¿Habéis llegado a un acuerdo, al menos? ¿Piensas volver a verlo?

Había invertido mucho tiempo, y mucho esfuerzo, para conseguir que aquellos dos hombres se hablasen y estaba deseando saber qué había pasado, pero tenía la impresión de que Dimitri no iba a contárselo.

Y estaba en lo cierto. No lo hizo.

Un asunto privado, había dicho. Y por lo visto, quería que siguiera siendo así. Cuando atravesaron la verja y salieron a la carretera, Bonnie se hundió en el asiento, cruzando los brazos sobre el pecho. Daba igual. Podía mantener la boca cerrada si quería.

En cuanto estuviera de vuelta en Inglaterra llamaría a Andreas y él se lo contaría. Su natural curiosidad tendría que esperar un poquito más, eso era todo.

—No me has contestado —dijo Dimitri entonces—. ¿Aceptaste su proposición o no?

—¿Qué?

—Me refiero a la oferta de matrimonio de mi padre. ¿Le dijiste que no o le diste esperanzas, esperando que apareciese algo mejor en el horizonte?

Bonnie se dio cuenta de que iba conduciendo demasiado rápido en aquella carretera estrecha y no le gustaba nada.

¿Estaría celoso? Parecía estarlo. Pero no, no podía ser, era absurdo. ¿Cómo iba a estar celoso? Sólo había hecho el amor con ella porque podía, porque estaba allí, dispuesta. Y había dicho que se casaría con ella si estuviera embarazada por un arcaico sentido del deber, sin la menor duda.

Pensando que aminoraría la marcha si contestaba a su pregunta, dijo por fin:

–No soy la futura esposa de tu padre, no te preocupes. Me pidió que me casara con él, pero sólo porque confiaba en mí y me había tomado afecto. Suele pasar con algunos pacientes... la enfermera los ayuda y se creen enamorados, pero se les pasa en cuanto todo vuelve a la normalidad.

–¿Entonces le dijiste que no?

–Pues claro. ¿Por qué iba a casarme con un hombre tan mayor? ¿Crees que estoy loca? Aunque, por supuesto, no se lo dije así. Espero haber tenido un poco más de tacto.

–Entonces, en el caso de mi padre, ¿no hubo pistola en la sien?

Bonnie notó el tono de burla y se maravilló del repentino cambio de actitud.

–Te crees muy gracioso, ¿verdad?

–Lo que no puedo creer es que haya ningún hombre con la fuerza de voluntad suficiente como para casarse contigo y no consumar el matrimonio. Sería insoportable. Llevarte a la cama sería lo primero de la lista para cualquier hombre con sangre en las venas.

A pesar de despreciarlo por el tipo de hombre que era, Bonnie no pudo negar la punzada de deseo que sintió al escuchar esas palabras. Era humillante tener que admitir que, a pesar de saber lo engañoso y traicionero que era, eso no alteraba la atracción que sentía por él. Debería, pero no era así.

–Mantén los ojos en la carretera o acabaremos en el terraplén –le dijo–. Y, por cierto, ¿dónde vamos?

Aquélla no era la carretera que llevaba a Atenas, se dio cuenta entonces. Andreas le había prestado uno de sus coches en alguna ocasión para ir de compras o al cine, de modo que sabía que no lo era.

–A mi casa –contestó Dimitri–. Sólo uso el apartamento de la ciudad cuanto tengo reuniones a primera hora.

Bonnie sintió un escalofrío. ¿La llevaba a su casa? Claro que podría haber pensado invitarla a comer antes de llevarla al aeropuerto. Pero no lo dijo y ella temía que no fuera así.

–Tengo que llegar al aeropuerto lo antes posible para ver si hay algún vuelo a Inglaterra –empezó a decir, para probar las aguas–. Así que es mejor que me lleves allí directamente.

–Que yo sepa, no tienes que volver a trabajar hasta dentro de dos semanas. Y Molly tenía la impresión de que aprovecharías las vacaciones para ver un poco más de mi país.

De modo que su madre y él habían hablado. Aquello era increíble. Incluso la llamaba por su nombre de pila...

–Lo siento, pero quiero volver a mi casa.

–No volverás a Inglaterra hasta que sepa si estás esperando un hijo mío o no. E incluso entonces tal vez no vuelvas. Podemos hacer las invitaciones de boda por teléfono.

Atónita, Bonnie se volvió para mirarlo.

–¡No puedes hablar en serio!

–Absolutamente en serio.

–¡Esto es un secuestro! ¡Llamaré a la policía si no me dejas bajar del coche ahora mismo!

–¿Y qué harías en medio de la carretera? Cálmate, Bonnie, y mira la situación desde mi punto de vista. Embarazada o no, te quiero como esposa. Y eso es algo que jamás le he dicho a una mujer. Algo que, de hecho, he evitado como la peste. Así que mira las siguientes dos semanas como una oportunidad para conocernos mejor.

Perpleja, Bonnie sólo podía mirarlo, sin darse cuenta de que había parado frente a un edificio de piedra. Lo único que veía era el brazo de Dimitri por encima del asiento, su sonrisa cálida y sensual...

Él levantó una mano para quitarle una horquilla y dejar que el flequillo cayera sobre su cara.

–¡No me toques! –exclamó, para intentar disimular que el roce de sus dedos le había provocado un cosquilleo.

Pero Dimitri no hizo caso de sus protestas y siguió quitándole horquillas hasta que la melena cayó sobre sus hombros.

–Me gustas más con el pelo suelto. Hazlo por mí, ¿eh?

Cuando empezó a acariciar suavemente su nuca,

Bonnie pensó que se le iba a parar el corazón. No podía respirar. Pero la vergüenza de sentirse así con aquel hombre, con aquel tirano, hizo que recuperase el sentido común. Y en el tiempo que tardó en salir del coche y abrirle la puerta había conseguido recuperar la calma... al menos en parte.

Por el momento parecía que iba a tener que quedarse allí y debía usar ese tiempo para convencerlo de que, por mucho que le gustase, no iba a casarse con él.

¿Qué mujer sensata podía esperar ser feliz casándose con un hombre tan engañoso y tan déspota? Un hombre tan malvado que había intentado arruinar a su padre enfermo por algo que ocurrió veinte años atrás.

Bonnie salió del coche, apartándolo de un manotazo cuando intentó ayudarla. No quería que la tocase... en parte porque no confiaba en sí misma.

—Bienvenida a mi casa.

Bonnie levantó la mirada. La casa estaba protegida por un olivar, con arbustos y altos cipreses a los lados. Las piedras del edificio eran de color ocre y las persianas estaban pintadas de un azul que había empezado a perder el color. Y el camino que llevaba a la casa era un mosaico de piedrecillas, flanqueado por macizos de flores.

—¡Es preciosa!
—Pareces sorprendida.
—Pues la verdad es que sí. Te había imaginando

en otro tipo de casa... algo más palaciego, con un ejército de criados haciéndote reverencias a cada paso.

–Ah, claro. Pues eso demuestra lo poco que sabes de mí –sonrió Dimitri, poniendo una mano en su espalda para llevarla hasta una entrada con suelo de terracota y tiestos llenos de flores.

En el salón, alrededor de una chimenea de piedra, había dos sofás tapizados en color beige. Y en el centro de la habitación, una mesa con un jarrón de sencillas margaritas.

–Te enseñaré el resto de la casa después. Primero voy a traer algo fresco. Y, por favor, ponte cómoda.

Bonnie se dejó caer en uno de los sofás, sintiéndose como Alicia en el país de las maravillas. Había sido sincera al decir que no lo imaginaba en un sitio así, tan hogareño, tan agradable.

Aquélla era la clase de casa que una chica trabajadora como ella, una chica con nociones románticas sobre Grecia, habría elegido si tuviera oportunidad. No la casa de un empresario despiadado y con el corazón de piedra.

El «algo fresco» que Dimitri había mencionado resultó ser champán. Se había quitado la chaqueta y subido las mangas de la camisa, dejando al descubierto unos antebrazos peligrosamente atractivos.

Bonnie apartó la mirada a toda prisa, enfadada consigo misma porque, a pesar de todo, aún podía dejarla sin aliento. No tenía que hacer o decir nada, sólo tenía que estar allí.

–Anna, la persona que cuida de la casa, ha dejado pollo frío para comer. Y espero que tengas hambre porque se enfada mucho cuando alguien no prueba su comida.

Aquello era ridículo, pensó Bonnie.

¿Qué estaba haciendo allí? En casa de Dimitri, tomando una copa de champán como si no pasara nada. Si tuviera algo de personalidad, y su cerebro funcionase como debía, saldría de allí corriendo para llamar a Andreas por teléfono y pedirle que enviase a alguien a buscarla.

Pero las siguientes palabras de Dimitri le recordaron que tenía una razón para quedarse allí, aunque sólo fuese unos días:

–¿Te gustaría quedarte en esta casa? Si no te gusta podemos vivir en París o en Londres, tengo casa en ambas ciudades. Es tu decisión, yo estaré encantado de ir donde tú quieras, *pethi mou*.

Pethi mou.

Aunque no lo entendía, debía ser una expresión cariñosa, pensó ella. Pero si pensaba que así iba a arreglarlo todo...

Dimitri Kyriakis estaba loco, decidió, tomando un sorbo de champán para calmar los nervios. Todo aquello era incomprensible.

–Como no pienso casarme contigo, con niño o sin él, la cuestión de dónde quiera vivir es irrelevante.

–Puede que pienses eso ahora, pero yo te haré cambiar de opinión.

La arrogancia personificada, desde luego.

Y, sin embargo, sólo tenía que tomarla entre sus brazos y ella no podría resistirse. Decidida a hacer algo, a portarse como una adulta, Bonnie se echó hacia atrás en el sofá.

–Vamos a ser sensatos, Dimitri.

No se atrevía a mirarlo. Una sola mirada a esas devastadoras facciones y se convertía en víctima de sus enloquecidas hormonas.

–Yo puedo ser sensato.

–Entonces te darás cuenta de que hablar de matrimonio es completamente absurdo. Cometimos un error... una isla griega, una cena romántica, el champán, la luna... un error, pero esas cosas pasan.

–A ti no te había pasado antes.

Bonnie tragó saliva. Bueno, pues sí, había sido su primer amante, pero eso no le daba ninguna ventaja.

–Que no me hubiera pasado no tiene nada que ver. La cuestión es que tienes que dejar de pensar en el matrimonio como única opción. ¿Por qué ibas a hacer tú tal sacrificio...?

–No sería un sacrificio –dijo él.

Pasando por alto la interrupción, y el escalofrío que había provocado, Bonnie siguió adelante:

–Si estoy embarazada, que lo dudo, yo me haré cargo del niño. Tengo un buen trabajo y gano dinero suficiente para mantenerlo. Aunque si tú quieres ayudar, la ayuda sería bienvenida. No soy una avariciosa, pero tampoco soy tan orgullosa como para no aceptar una ayuda que sería buena para el niño. Si quieres derechos de visita, yo no pondría ninguna objeción, soy totalmente capaz de comportarme de manera civilizada.

De repente, la idea de tener un hijo con Dimitri... un niño de pelo oscuro y piel morena, un niño al que amaría con locura, hizo que le diese un vuelco el corazón. Pero intentó disimular.

–¿Casarte conmigo sería un sacrificio tan grande, Bonnie?

Por supuesto, no estaba escuchándola y, frustrada, ella dejó escapar un bufido.

–¿Por qué iba a casarme con un hombre que piensa tan mal de mí? Tú mismo lo has admitido. Primero, sin saber absolutamente nada sobre mí, decidiste usar el sexo para conseguir lo que querías, como si yo fuera una espía enviada por tu padre para seducirte. Y luego decides que te has equivocado, así que me pones otra etiqueta: soy una buscavidas que haría creer a tu padre que iba a casarme con él hasta que encontrase algo que me interesara más. ¿Por qué querrías casarte con una mujer de la que sólo piensas lo peor? ¡No lo entiendo!

–Cometí un grave error al creerte la amante de mi padre, es cierto –asintió él–. Me basé en la experiencia... y en el cinismo con el que seguramente veo la vida. Y en los celos. Nunca en mi vida había tenido celos de nadie, te lo aseguro. Esa debilidad me puso tan furioso como para acusarte de ser algo que ahora sé que no eres.

Sus mejillas se habían teñido de rubor mientras abría las manos en un gesto que parecía de derrota.

–Tú no guardas en secreto que sientes afecto por mi padre... incluso te molestaste en ir a la isla a buscarme para hacerle un favor. Andreas me ha dicho cuánto te admira y el cariño que siente por ti... ¡pero cuando me dijo que te había propuesto matrimonio me dieron ganas de estrangularlo!

Bonnie se encogió de hombros. Esa salida de tono dejaba bien claro que el rencor que sentía hacia su padre no había sido olvidado.

No tenía ni idea de cómo había salido el tema de la proposición, pero podía imaginar el gesto de derrota del anciano.

¡Y también podía ver la cara de Dimitri Kyriakis al descubrir que el hombre al que estaba empeñado en destruir quería casarse con la mujer que podía estar esperando un hijo suyo!

Dimitri se echó hacia delante para tomar sus manos entre las suyas y Bonnie intentó apartarse, pero él no se lo permitió.

–Nos llevaríamos bien, nos entenderíamos –empezó a decir–. Sé que sería así.

Bonnie intentó apartar las manos de nuevo, sintiendo que le ardía la cara. Era un mentiroso y...

—Cuando vi tu fotografía pensé que eras la mujer más deseable que había visto nunca. Me quedé enganchando, aunque entonces no lo sabía.

—¿Qué fotografía? —preguntó ella. Aquella conversación estaba tomando un rumbo muy extraño—. No sé de qué estás hablando.

—No, claro que no. Ven aquí —Dimitri soltó sus manos, pero sólo para tomarla por la cintura—. Hace algunos meses, mi enemigo... Andreas, desapareció por completo. Mientras yo siempre he intentado alejarme de la prensa, mi padre la cortejaba, de modo que era muy extraño que no saliera ninguna fotografía suya en los periódicos y no se le viera en la oficina. Ahora sé que estaba enfermo y había intentado evitar que los medios de comunicación lo hicieran público, pero entonces no sabía nada de eso. No sabía que tuviera cáncer hasta que tú me lo contaste. Sentía curiosidad, de modo que decidí contratar a un investigador privado y él consiguió entrar en la villa y hacer una fotografía de una rubia preciosa frente a la piscina.

—¿Qué?

—Hay algo que sí sabía sobre mi padre: había tenido dos esposas, pero nunca una amante. Sus actividades extra maritales eran rápidas y secretas, y probablemente sórdidas, de modo que si en su casa había una rubia a la vista de todos, eso debía significar que iba a casarse con ella.

Bonnie parpadeó varias veces. Estar tan cerca

de él, escuchando su voz, notando el calor de su aliento en la cara estaba haciéndola entrar en un trance. Si bajaba la guardia, Dimitri la convencería de cualquier cosa. Incluso creería que podía amar a un hombre como él.

De modo que, poniendo las manos sobre su torso, lo empujó suavemente para poder mirarlo a los ojos.

–¿Por qué siempre tienes que pensar lo peor? Cuando tu padre descansaba por las tardes yo tenía tiempo libre y solía aprovechar para disfrutar de la piscina. ¿Siempre inventas lo que más te conviene?

–En tu caso, parece que sí –asintió él, tomando su mano para llevársela a los labios.

Bonnie habría deseado que no hiciera eso porque sentía sus pechos empujando contra el encaje del sujetador y tuvo que hacer un esfuerzo sobrehumano para apartarse.

–Y hay cosas peores –siguió él.

–¿No me digas?

–Cuando la rubia apareció, literalmente en mi puerta, diciendo que estaba buscando a Dimitri Kyriakis, inmediatamente pensé que mi padre te había enviado para intentar descubrir cuáles eran mis planes en lo que a él se refería. Y luego tú sacaste la conclusión de que yo era Stavros...

–¡Porque tú no me dijiste que estaba equivocada!

–Sí, lo sé, lo sé. Te prometí intentar averiguar el paradero de Dimitri Kyriakis...

—Me hiciste quedar como una tonta –lo interrumpió ella–. Y nunca te lo perdonaré –anunció después, indignada. La había hecho pensar que estaba enamorada de él cuando todo era mentira, de modo que tenía que ser el hombre más vil que había encontrado en toda su vida–. Podrías haberme dicho quién eras de inmediato. Yo te habría dado el mensaje de tu padre y se acabó.

—¿Y perderme la diversión, *pethi mou*? –sonrió él tranquilamente.

Estaba riéndose de ella otra vez. Aquello era increíble.

—Cuando decidí no contarte quién era –siguió, sin una gota de remordimiento– pensaba que intentarías seducirme para que te dijera cuáles eran mis planes. Y debo admitir que estaba deseándolo. Tenía la impresión de que te sentías tan atraída por mí como yo por ti y, al final, fui yo quien te sedujo... y me llevé una sorpresa. En serio. Pensaba decirte quién era al día siguiente, pero al final Athena se adelantó.

Y luego ella le había dado una bofetada.

Bonnie decidió guardarse las manos esta vez, por si acaso le daban ganas de repetir la actuación.

Pero se quedó sin aliento cuando él le confesó, con una sinceridad totalmente inesperada:

—Yo quería explicarte por qué me había comportado como lo había hecho e intentar conquistarte como es debido, decirte lo mucho que significas para mí... pero bueno, vamos a dejar eso por el momento —Dimitri se levantó entonces—. Vamos a comer y a hablar de otras cosas. Mientras tanto, me dedicaré a mirar esa bonita cara tuya e intentaré recordar cómo eres cuando no llevas puesto... ¿eso qué es, una cortina de baño?

Bonnie no podía creer lo que estaba oyendo. No se atrevía a creerlo. ¿Que había querido explicárselo todo? ¿Que había querido conquistarla? ¿Que significaba mucho para él?

Dada la historia que había detrás, podía entender que la hubiera creído la amante de su padre al ver la fotografía en la piscina. Y, naturalmente, su repentina aparición en la isla habría despertado sus sospechas. En cuanto supo que estaba allí porque su padre se lo había pedido, su cínica naturaleza lo habría hecho creer que lo del mensaje era una trampa, que el auténtico juego era espiarlo.

Pero una vez que supo el contenido del mensaje...

No, tenía que ser justa, pensó entonces. Tal vez estaba siendo sincero al decir que había pensado contarle la verdad al día siguiente.

Bonnie arrugó el ceño, intentando unir todas las piezas del rompecabezas. ¿Por qué la habría seguido hasta Inglaterra si no fuera porque de verdad estaba interesado?

Y no podía ser sólo por el posible niño ya que acababa de decir que quería que fuera su esposa embarazada o no.

Bonnie se mordió el labio inferior, pensativa. ¿Debía dejar que floreciese el amor que sentía por él? ¿Podía confiar su felicidad a un hombre con tantos y tan deplorables defectos?

No estaba segura.

Capítulo 11

ANTES de comer, Dimitri insistió en enseñarle la propiedad. En sus ojos había un brillo de orgullo, y tal vez de algo más profundo, mientras la llevaba a su estudio, con equipamiento informático de última generación.

−Trabajo todo lo que puedo desde aquí −le explicó, antes de llevarla a la cocina, una habitación grande y muy agradable, al contrario que la cocina de su apartamento, con hierbas secas colgando del techo, como en tantas cocinas mediterráneas.

Desde allí salieron a un patio con suelo de piedra en el que había una mesa rodeada de tiestos con geranios.

−Un sitio muy bonito para tomar una copa de vino viendo la puesta de sol.

−Sí, es muy bonito −asintió Bonnie.

Después la llevó por una escalera hasta el segundo piso. La casa tenía tres dormitorios, todos con suelos de pino, camas de matrimonio, cómodas antiguas de madera bien barnizada y un cuarto de baño que debía ser lo último en lujo, con antiguas baldosas cretenses. Era una casa encantadora, muy acogedora, un sitio querido y bien cuidado.

Unos minutos después estaban de nuevo en el patio, tomando un plato de aceitunas y una ensalada de queso, tomates, pimientos y aceite de oliva. Mientras comía, Bonnie pensó que debía tomar una decisión. Una decisión que afectaría el resto de su vida.

Pero no iba a hacerlo en aquel momento. No, por ahora sólo quería evitar cualquier discusión y saborear aquella atmósfera tan relajante. Sólo un ratito. Encontrar un tema que no despertase las dudas contra las que tenía que luchar continuamente.

–Tienes una casa preciosa –murmuró, mirando su plato porque mirarlo a él afectaba a su buen juicio–. ¿Cómo la encontraste?

–Fue la casa de mi madre durante los primeros quince años de su vida. Los tiempos eran muy duros entonces. Mis abuelos eran campesinos y ella tuvo que ir a la ciudad a buscar trabajo. No tenía hermanos, así que mis abuelos dependían del dinero que les enviaba –Dimitri dejó a un lado su tenedor. Al contrario que Bonnie, él no había probado la comida.

Y cuando levantó la mirada, Bonnie vio que sus ojos se habían oscurecido.

–Sin tener hijos, y con una esposa enferma, mi abuelo aparentemente tiró la toalla. Cuando encontré esta casa estaba abandonada y hecha un desastre, pero localicé al nuevo propietario y le hice una oferta que no pudo rechazar. Y desde entonces me he dedicado a reformarla y cuidarla.

–¿No conociste a tus abuelos?

–Murieron antes de que yo naciera... pero vamos a hablar de cosas más alegres.

Estaba sonriendo, aunque la sonrisa no iluminaba sus ojos, y mientras le contaba dónde y cómo había encontrado cada mueble, Bonnie entendió qué era lo que le dolía tanto.

Era un hombre muy rico, pero su dinero había llegado demasiado tarde para ayudar a los abuelos de los que sólo había oído hablar gracias a su madre.

Claro que al menos ella había podido disfrutar de la vida, casándose con un magnate como Andreas Papadiamantis. ¿Se habría negado Andreas a ayudar a los padres de su mujer?, se preguntó. ¿Era eso lo que había provocado la ruptura entre ellos? ¿Y era razón suficiente para romper una relación entre padre e hijo hasta el punto de que Dimitri hubiera buscado la ruina de Andreas?

Dimitri no había conocido a sus abuelos, de modo que ése no podía ser motivo suficiente. En fin, era un enigma sin solución. A menos que le preguntase directamente.

Pero lo haría más tarde, decidió.

Andreas le había contado que su primera esposa murió, de modo que debía ser la madre de

Dimitri. Pero también le contó que su primer hijo había muerto de una sobredosis de heroína... sin conocer la cronología de los eventos, Bonnie se aventuró:

–Supongo que debió ser horrible para ti que tu madre y tu hermano muriesen.

De inmediato, vio que Dimitri arrugaba el ceño.

–Haces demasiadas preguntas.

–Y tú me haces sentir como si fuera una extraña. Dices que quieres casarte conmigo, pero cuando hago preguntas no quieres contestar.

–No abras la caja de Pandora, Bonnie. Puede que no te guste lo que encuentres –le advirtió él, levantándose y ofreciéndole su mano–. Ven, elige la habitación que más te guste. Y luego te enseñaré el riachuelo que pasa por la propiedad. Ah, y tenemos una piscina natural... bueno, a medias porque la he ampliado. Y luego tal vez podríamos hablar del futuro.

Si había un futuro para ellos y Bonnie lo dudaba. Una parte de ella lo deseaba, no podía negarlo, pero otra parte, la más sensata, le decía que tuviese cuidado.

Dimitri decía querer casarse con ella, decía quererla en su cama, pero no había mencionado la palabra «amor» ni una sola vez. Y había una parte de su vida de la que, evidentemente, no quería hablar.

Bonnie miró su mano. Había tanto en juego en ese momento. Necesitaba más tiempo para conocer al auténtico Dimitri Kyriakis. Era sexy como un pecado y un seductor irresistible cuando quería serlo, pero también era un hombre brusco, rencoroso y que guardaba muchos secretos.

Sin embargo, estaba ofreciéndole elegir su habitación, de modo que no tenía intención de acostarse con ella. Y Bonnie se alegraba porque conocía sus limitaciones. Si la tocaba, su proceso mental se deterioraba considerablemente.

Y aun así, aceptó su mano.

Un error. Porque en cuanto esos largos dedos se entrelazaron con los suyos algo dentro de ella se derritió. Quería confiar en él, disfrutar de su amor... tanto que sus ojos se llenaron de lágrimas. Y, con las piernas temblorosas, dejó que la llevase a la habitación.

Cinco minutos después, recuperando el sentido común, intentó mostrarse serena.

—Esta habitación es preciosa.

Era muy fresca, pintada de color blanco, el edredón sobre la cama de un precioso tono azul a juego con las persianas.

Podría ser tan feliz allí, con él. ¿Pero cuánto duraría esa felicidad? ¿Cuánto tardarían en discutir, en darse cuenta de que no tenían nada que ver el uno con el otro?

Como si hubiera leído sus pensamientos, Dimitri la tomó por la cintura.

—Todo saldrá bien, te lo prometo. Tienes que confiar en mí y en que puedo hacerte feliz. Eso es lo único importante.

Cuando Dimitri empezó a acariciar tiernamente su pelo, Bonnie sintió que había llegado a casa. Y, al poner las manos sobre su torso y sentir los rápidos latidos de su corazón, se dio cuenta de que estaba perdida.

Lo deseaba de tal forma que no sabía qué hacer. Y, mientras experimentaba esa sensación de fatalidad, notó cómo sus pechos se hinchaban, las puntas endureciéndose y sensibilizándose. Y supo que tenía que vivir de nuevo el éxtasis que había cambiado su mundo la noche que hizo el amor con Dimitri por primera vez.

–Bonnie... –su voz temblaba ligeramente al pronunciar su nombre y ella levantó la cabeza para mirarlo a los ojos.

Sabía que no tenía defensa y, como para demostrárselo, sus labios se abrieron sin recibir instrucciones de su cerebro, por voluntad propia, para recibir la primera batería de ligeros y torturantes besos.

Torturantes... un escalofrío recorrió su espina dorsal cuando Dimitri la echó hacia atrás, apoyándose en las fuertes columnas de sus muslos, para besarla apasionadamente en el cuello antes de llevarla hacia la cama.

Inclinado sobre ella, enredó los dedos en su pelo, con los ojos encendidos como carbones.

–Eres tan preciosa... –murmuró–. Es como estar en el Cielo.

En el Cielo. Mientras desabrochaba los botones del vestido y apartaba la tela para acariciar su piel, Bonnie pensó que también estaba en el Cielo.

Rápidamente, Dimitri le quitó el sujetador, dejando al descubierto unos pechos hinchados que parecían suplicar sus caricias. Lo oyó musitar con voz ronca: *Theos*... antes de tomar uno de sus pezones entre los labios para tirar suavemente de él.

Y Bonnie dejó escapar un gemido al sentir la respuesta a esa caricia entre las piernas.

No podía hacer nada y no quería hacerlo, el poder que Dimitri tenía sobre ella era imposible de resistir.

–Paciencia –murmuró él, mientras desabrochaba su camisa para revelar aquel magnífico torso bronceado cubierto de un fino vello oscuro que se perdía bajo la cinturilla del pantalón.

El corazón de Bonnie latía con tal fuerza que casi la ahogaba. Era tan hermoso, tan increíblemente masculino... y suyo si lo quería. Y lo quería.

–Dimitri... –pero la confesión de amor que estaba punto de escapar de sus labios se quedó allí cuando un sonido estridente los interrumpió.

Murmurando algo en griego que sonaba como una palabrota, Dimitri se inclinó para sacar el móvil del bolsillo del pantalón y Bonnie lo oyó hablar durante unos segundos en su idioma antes de que volviera a su lado.

–Como le he dicho a mi padre... tiene el don de la inoportunidad –su tono era brusco, pero lo había dicho con una sonrisa de disculpa.

Ella intentó incorporarse, la niebla que se apoderaba de su cerebro en cuanto Dimitri la tocaba disipándose por completo. A punto de confesarle su amor, de prometerle que se casaría con él, la interrupción había hecho que recuperase el sentido común.

Dimitri tenía que contarle la verdad, tenía que hacerlo o no podría haber nada entre ellos. En cuanto a la relación física era increíblemente generoso, tanto que la abrumaba, pero lo que había dentro de su cabeza era un libro cerrado.

Dimitri había tirado el móvil sobre la mesilla y empezaba a desabrochar sus pantalones cuando ella lo detuvo.

–Si vamos a estar juntos tenemos que confiar el uno en el otro. No quiero que haya secretos entre nosotros.

–Yo te confiaría mi vida, Bonnie.

–¡Pero no tus secreto!

Dimitri se echó hacia atrás, sorprendido.

–¿A qué viene esto? –le preguntó, tomando su mano.

–La llamada de tu padre me ha recordado... –Bonnie apartó la mano. No quería que hubiera contacto físico entre los dos mientras le decía aquello–. Tenemos que hablar en serio, Dimitri...

–¿Quieres hablar de Andreas?

–Tenemos que hacerlo.

–¿Por qué?

–Porque te niegas a hablar del tema y yo no puedo estar con un hombre al que no conozco.

–¿Por qué insistes en complicar las cosas? –suspiro él, alargando una mano para tomar su camisa.

–Porque hay una parte de tu vida que no quieres compartir conmigo. Ni siquiera me has contado cómo ha ido la reunión con tu padre y ésa es la razón por la que estoy aquí. La razón por la que fuiste a buscarme a Inglaterra. ¡Te estoy pidiendo que me abras tu corazón, que me cuentes tus cosas, que me digas por qué un adolescente tuvo un problema con su padre y, a partir de ese momento, se ha pasado toda la vida organizando una venganza contra él! ¿Es que no te das cuenta? –Bonnie estaba pálida, angustiada–. Pensar que has dedicado tu vida entera a hundir a tu padre me da escalofríos. Tienes que ayudarme a entender.

–Eso da igual –murmuró Dimitri, poniéndose la camisa–. No tiene nada que ver con lo que sentimos el uno por el otro. Piensa en ello mientras yo intento hacer algo para... aliviar mi frustración. Y puede que tarde algún tiempo.

Capítulo 12

BONNIE se quedó en la cama, envuelta en el edredón azul, durante mucho tiempo, no sabía cuánto. Pero sabía lo que tenía que hacer, se dijo a sí misma, mientras volvía a ponerse el aburrido vestido azul que Dimitri había comparado con una cortina de baño.

Dimitri.

Ella también podía ser dura cuando quería, lo era con sus pacientes, y a partir de aquel momento no le daría ventaja alguna. No podía hacerlo porque sabía que así destrozaría su vida, que se convertiría en una de esas tristes criaturas que lloraban y gemían lamentándose por un amor perdido... y se convertían en un aburrimiento espantoso para los demás.

Ella no iba a ser así.

El nombre de Dimitri sólo aparecería en su lista de cosas que solucionar. Y pensaba solucionarlo.

Le exigiría, sí, le exigiría, que la llevase al aeropuerto.

Volvería a casa a tiempo para ayudar a su madre con los preparativos del cumpleaños de su padre y cuando llegase el momento se mezclaría con los invitados, reiría y charlaría con todos como si no tuviera una sola preocupación en el mundo.

Y luego volvería a trabajar con sus pacientes y seguiría adelante. Siempre ocupada, siempre haciendo cosas.

Y si al final resultase que estaba embarazada... bueno, se preocuparía de eso cuando llegase el momento.

Formular mentalmente esa lista de cosas que hacer la mantuvo ocupada hasta que llegó al piso de abajo. No sabía cuándo volvería Dimitri, frustrado y absurdamente enfadado con ella porque le había exigido respuestas. ¡Nadie se atrevía a cuestionar las motivaciones de Dimitri Kyriakis!

De modo que, supuestamente, ella tenía que aceptarlo sin decir nada, sin cuestionar nada, como una tonta.

Tenía los ojos empañados y el corazón lleno de angustia, pero había tomado una decisión. De modo que, intentando mantenerse ocupada, salió al patio para recoger los platos de la comida y tirar las sobras a la basura.

Cuando todos los platos, cubiertos y vasos estuvieron limpios y colocados sobre la encimera de la cocina, Bonnie sacó el móvil de su bolso y salió al patio, el sol quemando su piel a través del vestido.

Ponerse en contacto con Andreas le daría algo que hacer. Algo positivo. Sentía un gran afecto por el anciano y, además, había sido ella quien facilitó el encuentro con su hijo. Tenía todo el derecho del mundo a saber cómo había ido la reunión, por mucho que Dimitri no quisiera contárselo.

Al menos podía intentar consolarlo si las cosas habían ido mal, y en vista del silencio de Dimitri, eso era lo más probable. Después de todo, un hombre que había sentido tal rencor por su padre durante más de veinte años no podía haberlo olvidado todo en un minuto.

Pero Dimitri se enfadaría si la oyese hablando con su padre y, como no quería más discusiones, se adentró en el jardín. Al pasar frente a un macizo de flores rodeado de abejas vio a un hombre mayor trabajando en un pequeño huerto y se preguntó si sería el marido del ama de llaves. El hombre la saludó con la mano y Bonnie le devolvió el saludo, divertida.

Pero siguió caminando hasta llegar a la piscina que Dimitri había mencionado antes. Era una piscina natural hecha en la roca, pero ampliada con mármol de color verde musgo... un sitio precioso. El agua caía por las piedras hasta un terraplén seco, desde donde rodaba alegremente hasta el valle.

Aquello sólo podía haberlo hecho un ingeniero experto, pensó, sentándose en el borde de la piscina. Claro que todo lo que hacía Dimitri lo hacía bien. Como esconder secretos a la mujer con la que decía querer casarse, por ejemplo.

Intentando dejar de pensar en él, Bonnie inclinó un poco la cabeza para mirarse en el agua. Tenía el ceño fruncido. Pero ella no se había dado cuenta de que tuviera el ceño fruncido...

¿Se convertiría en algo permanente? ¿El gesto de una mujer que había sufrido una decepción amorosa?

Suspirando, abrió el móvil y marcó el número de Andreas, mordiéndose los labios mientras el ama de llaves iba a buscarlo.

–¡Cuánto me alegro de que llames, Bonnie! ¿Mi hijo está contigo?

–No, en este momento no –contestó ella.

Por supuesto, no podía contarle que Dimitri estaba en algún sitio, paseando su mal humor y su frustración sexual.

–Ya me lo imaginaba. Cuando llamé antes para invitaros a los dos a cenar me dijo con toda claridad que no quería que os molestase. Te ha llevado a su casa, ¿verdad?

–Pues sí...

–Me dijo que lo haría. Yo creo que está muy enamorado de ti. A veces ocurre así, de repente, como si cayeras fulminado por un rayo... o eso dicen. Lamentablemente, a mí no me ha pasado nunca –Andreas dejó escapar un suspiro–. De haber sabido que su casa estaba tan cerca de la mía, yo mismo hubiera ido a hablar con él. Sabía que no me dejarían entrar si hubiera intentado ir a su oficina. A mi hijo se le da bien construir altos muros a su alrededor para que nadie sepa lo que hace, sobre todo los rivales y la prensa. Supongo que, en parte, eso es responsable de su éxito. Pero los dioses son más listos y cuando te envié a buscarlo...

—Andreas —lo interrumpió Bonnie. No quería seguir oyendo hablar de los dioses ni del amor de Dimitri—. En lo único que estoy interesada es en saber cómo ha ido la reunión.

—Mucho mejor de lo que yo esperaba... mejor de lo que tenía derecho a esperar —contestó el anciano—. ¿Dimitri no te lo ha contado?

—No, según él es un asunto privado.

—Ah, creo que lo entiendo, pero no debería haber secretos entre marido y mujer.

Una opinión con la que Bonnie estaba de acuerdo.

—No voy a casarme con él, Andreas. No sé cómo se te ha ocurrido tal cosa.

—Ah, estás muy enfadada. Hablas como el único día que se me ocurrió protestar por la dieta que me habías impuesto —suspiró el hombre—. Mira, esto no va a ser fácil para mí, pero te suplico que me escuches porque tengo algo que contarte.

Veinte minutos después, Bonnie volvía hacia la casa con el corazón a punto de explotar.

¡Si Dimitri se lo hubiera contado...!

¿Por qué no lo había hecho?

Decidida a hablar con él de una vez por todas, aceleró el paso. Pero tenía que calmarse antes de verlo. Con la cara colorada, sudando, el pelo hecho un asco y el vestido rasgado por unas zarzas debía tener un aspecto lamentable.

—¿Dónde has estado?

Dimitri.

En voz baja, Bonnie murmuró una palabra que habría hecho que su madre corriese a lavarle la boca con jabón. Pero enseguida giró la cabeza para mirarlo a los ojos...

Y su corazón pareció alojarse en su garganta. Como siempre, tenía un aspecto sensacional, tan tranquilo y calmado como si estuviera en la sala de juntas, no después de un paseo de dos horas bajo el inclemente sol griego. Pero también tenía el ceño fruncido en un gesto de sorpresa y, seguramente, desaprobación. Y sus ojos parecían más oscuros que nunca.

Estaba en el patio, a unos metros de ella. Tan cerca...

—¿No podías habérmelo contado? —le espetó—. ¿Por qué me has dejado creer que estaba enamorada de un hombre tan malvado como para destruir la vida de su padre por algo que ocurrió hace más de veinte años y que cualquier persona normal hubiese olvidado inmediatamente?

Dimitri miró el móvil que tenía en las manos.

—Has estado hablando con mi padre.

—¡Y ya era hora! —replicó ella.

Dimitri se puso muy serio. Tanto que una hora antes Bonnie se hubiera asustado. Pero ya no.

–No ha sido fácil para él, pero me ha contado lo que pasó y cómo le ha pesado siempre en la conciencia.

–Bonnie...

–Tu madre trabajaba para él como criada y él la sedujo... su primer matrimonio era un desastre según me ha dicho. Cuando tu madre quedó embarazada de ti, él le dijo que tenía que marcharse y se olvidó del asunto. Hasta que tú apareciste de repente, un niño de catorce años flaco y mal vestido, pidiendo ayuda económica porque su madre estaba enferma. Andreas se negó a ayudaros y poco después tu madre murió.

Bonnie dio un paso adelante. Dimitri se había puesto pálido mientras hablaba, pero ahora una nota de color teñía sus mejillas.

–Entiendo que odiases al hombre que te había hecho algo así. Andreas se negó a reconocerte como hijo y se negó a ayudar a tu madre enferma, pero no entiendo por qué no querías contármelo.

–¿No lo entiendes? –suspiró él–. No, claro, tal vez es difícil entenderlo. Vamos dentro, se está más fresco –dijo luego–. No deberías ponerte a correr por el jardín a esta hora y con este calor.

Bonnie sacudió la cabeza, incrédula. No podía entender cómo un hombre que decía querer casarse con ella, mantener la relación más íntima que dos personas podían mantener, la había dejado pensar que su venganza de tantos años era debida a una simple discusión, un incidente que debería haber sido olvidado años atrás cuando había sido algo mucho más terrible. Imperdonable casi.

¿Si hubiera aceptado casarse con él habrían seguido adelante sin que ella supiera nunca la verdad?, se preguntó. ¿Sin que supiera nunca el trauma que había vivido? El trauma que lo había llevado a esa venganza. ¿Dimitri no le habría contado nunca aquel terrible y doloroso secreto?

Bonnie dejó que la llevase a la cocina, donde se detuvo para llenar un vaso de agua.

–Bebe, estás acalorada. No debes salir al jardín a esta hora sin ponerte crema solar.

–No necesito que me des un sermón, Dimitri.

–Puede que no los necesites, *pethi mou*, pero yo seguiré dándotelos cuando crea que hacen falta.

Aquello era increíble. Saliendo de la cocina para ir al salón, Bonnie se dejó caer en uno de los sofás y se llevó el vaso de agua a los labios.

Tenía que calmarse, recuperar la compostura como fuera.

–Tengo que ducharme y cambiarme de ropa –le dijo, cuando entró tras ella–. Y luego quiero que me lleves al aeropuerto.

Había sonado firme, estaba absolutamente segura. Entonces, ¿por qué Dimitri se sentaba a su lado en el sofá y la miraba con una expresión... de ternura? No, no podía ser. Era imposible.

–¿Y dejarías atrás lo que hay entre nosotros?
–¿Te refieres al sexo? Porque eso es lo único que hay entre nosotros por el momento –le espetó Bonnie–. Y yo no pienso ser la mujercita callada de nadie, contenta de hacer lo que se me manda y, por supuesto, sin hacer preguntas.

–Bonnie, escúchame... –dijo él entonces, quitándole el vaso de agua y dejándolo sobre la mesa para tomar su mano–. No estoy orgulloso de lo que he hecho para vengarme por lo que pasó hace tantos años. Y quiero que creas que antes de conocerte ya estaba pensando que el sabor de esa venganza era demasiado amargo. De repente, la idea de canalizar mis energías en otra dirección empezaba a apetecerme... y entonces te conocí. Me enamoré de ti en cuestión de unos días y supe entonces qué quería hacer con mi vida.

Bonnie estaba lívida. Había dicho que la quería, que se había enamorado de ella...

Abrió los labios, pero ningún sonido salió de su garganta.

–No quería contestar a tus preguntas en la isla porque... no quería seguir recordando el pasado. Tienes que entenderlo. Tenía la impresión de que tú podías marcharte en cualquier momento, que podías hacer lo que hiciste, darme una bofetada y desaparecer de mi vida si supieras la verdad: que yo era el hombre que estabas buscando y no Stavros. Sabiendo lo que sé ahora, lo que hice es imperdonable. Tenía dos opciones: decirte adiós dejándote creer que le guardaba rencor a mi padre por algo que tú creías poco importante o contarte la verdad. Pero era incapaz de hacerlo.

–¿Por qué? –preguntó Bonnie.

Como respuesta, Dimitri le pasó un brazo por la cintura y empujó suavemente su cabeza para apoyarla en su hombro.

–Porque tú habías sido la enfermera de Andreas, porque sentías afecto por él, un hombre viejo y enfermo. Entiendo que mi padre no te contase toda la verdad antes de enviarte a la isla. No es fácil contarle a alguien que te negaste a ayudar a alguien cuando más lo necesitaba. Con una diminuta fracción de su fortuna hubiera podido prolongar la vida de mi madre, una vida que era tan preciosa para mí. Pero tú te habías convertido en su defensora, usando tu tiempo libre para buscar a su hijo y darle un mensaje...

–Pero deberías habérmelo contado.

–Después de ver a mi padre, después de ver lo sinceramente arrepentido que estaba, mi corazón se ablandó. Y le perdoné, del todo. Y, siendo así, lo veo ahora como parte de la familia, de esa familia que yo nunca he tenido y he anhelado siempre. Como un abuelo para nuestros hijos –le confesó Dimitri–. He querido borrar esa parte de mi pasado porque quería construir un futuro contigo. No quería contarte la verdad y ver cómo tu afecto por Andreas se convertía en desprecio.

Bonnie se apartó un poco para mirarlo a los ojos.

–¿Cómo puedes ser tan tonto? –lo acusó entonces–. Yo sabía que Andreas había hecho algo malo, algo que lamentaba enormemente... pero si alguien está verdaderamente contrito, como lo estaba él, uno debe perdonar, por difícil que sea. Pues claro que no lo hubiera despreciado... ¿cómo iba a romper una familia después de haber hecho todo lo posible para reconciliarlos? ¿Por quién me tomas?

–Por la mujer más maravillosa, más bella, más valiente y más generosa que he conocido en toda mi vida. Lo único que falta... –Dimitri inclinó la cabeza para buscar sus labios– es que me digas que me quieres la mitad de lo que yo te quiero a ti.

–Oh... –Bonnie le echó los brazos al cuello, con el corazón rebosante de amor–. Te quiero, Dimitri... aunque eres un testarudo y un bruto. ¿Pero estás absoluta, totalmente seguro de que no quieres casarte conmigo sólo porque crees que podría estar embarazada y, al contrario que tu padre, quieres hacer frente a tus responsabilidades?

Dimitri le regaló una sonrisa de total felicidad y después le regaló un beso apasionado que la dejó temblando. Tanto que se le dolaron las rodillas mientras él la levantaba del sofá.

–Absolutamente, totalmente, del todo. ¡Y si quieres que te lo demuestre nos casaremos mañana mismo! Pero ahora... –empezó a decir, con ese tono ronco, sexy que la hacía sentir como si estuviera a punto de expirar de emoción– creo que los dos deberíamos darnos una ducha.

A punto de estallar de felicidad, Bonnie dejó que la llevase al piso de arriba, sin soltarla ni por un segundo.

Y tampoco puso objeción alguna cuando le quitó el horrible vestido en cuanto la puerta del dormitorio se cerró tras ellos.

Epílogo

CUANDO esos deditos mojados se acercaron a su cara, el corazón de Dimitri se llenó de amor. Empapados después de jugar en la piscinita que él había construido con sus propias manos, los gemelos, Andreas y Eleni, eran casi tan preciosos para él como su querida esposa.

Dimitri los tomó en brazos, sin preocuparse porque le mojaran el elegante traje gris. Los dos tenían el pelo oscuro como el suyo, pero los ojos grises de su madre y él los adoraba.

Casi tanto como adoraba a la mujer que se acercaba por el jardín, su sonrisa sólo para él, esa sonrisa tan preciosa, embarazada de su tercer hijo.

—Así que esto es lo que hacen los hombres griegos... tener a sus mujeres embarazadas todo el tiempo —rió Bonnie.

Dimitri dejó a los gemelos sobre el césped para mirar a su mujer a los ojos, lleno de amor. Casi cuatro años de matrimonio y la vida no podía ser más maravillosa.

—Tengo algo que decirte —Dimitri la abrazó, besando su pelo—. Hoy he dejado de trabajar.

Bonnie levantó la cabeza y lo miró, sorprendida. Cuatro años de matrimonio y aquel hombre aún podía sorprenderla.

—¿Y eso?

—He tomado una decisión firme —le dijo, como solía decir Bonnie cuando estaba muy decidida.

Por ejemplo, cuando él sugirió, aun con pena, que con dos niños y otro en camino deberían mudarse a una casa más grande.

—Desde luego que no —se había negado ella, con firmeza—. Sencillamente, ampliaremos esta casa.

Y eso habían hecho, ampliar la casa hasta que fue casi dos veces el tamaño de la construcción original. Lo bastante grande como para acoger a tantos hijos como tuvieran... más una niñera. Por no hablar de Andreas, que a veces se alojaba allí durante unos días o la familia de Bonnie, llegando en masa para pasar las vacaciones.

Dimitri la llevó hacia la mesa del patio, bajo una enorme higuera.

—Hoy he firmado la venta de todas mis empresas —le contó, sentándose y colocándola a ella sobre sus rodillas para poner una mano en su abdomen—. Con unos beneficios fabulosos, naturalmente.

—¡Naturalmente! —rió Bonnie, enterrando la cara en su cuello—. ¿Pero no echarás de menos el trabajo?

—No, cariño mío, no lo echaré de menos —sonrió él, buscando sus labios—. Pero te echaba de menos a ti todos los días cuando no tenía más remedio que irme de viaje para atender mis negocios. No podía concentrarme como debería... era un tormento.

—Y eso no puede ser, por supuesto —murmuró Bonnie, sobre sus labios, su corazón lleno de felicidad. Nunca había sabido que pudiera existir un amor así.

—Claro que no. El gran Dimitri Kyriakis incapaz de concentrarse en los negocios, eso era imposible. Pero no tendré ningún problema concentrándome en ser un padre de familia... y el más fabuloso amante de mi maravillosa mujer.

Y Bonnie no tenía la menor intención de discutir.

Bianca

Él pretende ascender a su secretaria, ella quiere otra cosa...

La sencilla Emma Stephenson no era una secretaria despampanante, pero para Luca D'Amato, mujeriego empedernido, conquistarla se convierte en su juego preferido.

La sensata Emma creía que lo único que iban a compartir era el despacho... ¡no la cama! Pero pronto se da cuenta de lo que significa realmente ser la secretaria de Luca.

Un jefe apasionado

Carol Marinelli

¡YA EN TU PUNTO DE VENTA!

Acepte 2 de nuestras mejores novelas de amor GRATIS

¡Y reciba un regalo sorpresa!

Oferta especial de tiempo limitado

Rellene el cupón y envíelo a
Harlequin Reader Service®
3010 Walden Ave.
P.O. Box 1867
Buffalo, N.Y. 14240-1867

¡Sí! Por favor, envíenme 2 novelas de amor de Harlequin (1 Bianca® y 1 Deseo®) gratis, más el regalo sorpresa. Luego remítanme 4 novelas nuevas todos los meses, las cuales recibiré mucho antes de que aparezcan en librerías, y factúrenme al bajo precio de $3,24 cada una, más $0,25 por envío e impuesto de ventas, si corresponde*. Este es el precio total, y es un ahorro de casi el 20% sobre el precio de portada. !Una oferta excelente! Entiendo que el hecho de aceptar estos libros y el regalo no me obliga en forma alguna a la compra de libros adicionales. Y también que puedo devolver cualquier envío y cancelar en cualquier momento. Aún si decido no comprar ningún otro libro de Harlequin, los 2 libros gratis y el regalo sorpresa son míos para siempre.

416 LBN DU7N

Nombre y apellido	(Por favor, letra de molde)	
Dirección	Apartamento No.	
Ciudad	Estado	Zona postal

Esta oferta se limita a un pedido por hogar y no está disponible para los subscriptores actuales de Deseo® y Bianca®.
*Los términos y precios quedan sujetos a cambios sin aviso previo.
Impuestos de ventas aplican en N.Y.

SPN-03 ©2003 Harlequin Enterprises Limited

Deseo

Mujer de rojo

YVONNE LINDSAY

Sensual, elegante, sofisticada... La mujer que Adam Palmer se encontró en el casino era la tentación vestida de rojo. Y, para su sorpresa, no era ninguna extraña.

El magnate neozelandés no sabía que su ayudante personal tuviera ese lado tan seductor, ni que conociera a uno de sus mayores rivales.

Sólo había una solución para satisfacer su curiosidad y su ardiente deseo de poseerla: convertir a Lainey Delacorte en su amante. Y pretendía descubrir también qué otros secretos había estado escondiendo su secretaria... fuera y dentro del dormitorio.

Una sirena con piel de secretaria...

¡YA EN TU PUNTO DE VENTA!

Bianca

Ella había sido comprada para placer de él...

Kain Gerard, cautivador, sexy y rico, podía tener a la mujer que quisiera, así que conquistar a Sara Martin no debería ser un problema. La cazafortunas había usado sus encantos para chantajear a su primo y Kain estaba dispuesto a vengarse.

Su plan era perfecto hasta que conoció a la atractiva Sara. Al encontrarse con sus fascinantes ojos, se dio cuenta de que no era la embaucadora que creía... ¡Había chantajeado a una inocente para meterla en su cama!

Trampa para una mujer

Robyn Donald

¡YA EN TU PUNTO DE VENTA!